LOCUS

LOCUS

LOCUS

LOCUS

catch

catch your eyes ; catch your heart ; catch your mind……

catch 20　流浪者的廚房

作者：徐世怡
責任編輯：郭壹聲
美術編輯：何萍萍
法律顧問：全理法律事務所董安丹律師
發行人：廖立文
出版者：大塊文化出版股份有限公司
台北市116羅斯福路六段142巷20弄2-3號
讀者服務專線：080-006689
TEL：(02) 29357190　FAX：(02) 29356037
郵撥帳號：18955675　戶名：大塊文化出版股份有限公司
e-mail:locus@locus.com.tw
Printed in Taiwan
行政院新聞局局版北市業字第706號

總經銷：北城圖書有限公司
地址：台北縣三重市大智路139號
TEL：(02) 29818089 (代表號)　FAX：(02) 29883028　29813049
排版：天翼電腦排版有限公司
製版：源耕印刷事業有限公司

初版一刷：1998年 11 月
定價：新台幣 180 元

流浪者的廚房

徐世怡 著

前言

1.

有人說，人類是複雜的動物，豹子獅子是餓了才會覓食，幾乎沒有其它動物像人類一樣，吃飽飽時，還在打獵、播種、儲糧、醃肉……爲「未來式的飢餓」付出這麼遙遠的動作。

人類也知道「飢餓」是無止盡的宿命，但世上似乎根本沒有一勞永逸的方法躲得過「餓鬼」的糾纏。只因爲餓鬼就是我們，我們的身體就是餓鬼居住的地方。

2.

開始寫時，是想記點食譜，對飲食生活做點反省。但很快就發現，有些想法起了個頭以後，接下來就不會寫了。到後來，才發現其實我是在寫「人的故事」。

總的說來，這是一本「故事集」，人的味道，不同的味道，出味的原因是這些故事鑽頭運行的方向。

輯一記的是四款食譜與一些人物。輯二是把青春肥胖、厭食症與躁鬱症的著墨焦點推到社會心理。我不知道這些故事中的胖瘦變化，與想瘦想吃的心理算不算「病」，但可以確定的是：皮下、肉縫間是藏了心事。輯三「留味的地圖」當成一篇篇故事來讀，會比當成遊記更好看。

還沒動筆之前，是有點想與美食文章「做對」的念頭，想寫得讓人看得從內心嘔吐出蛔腸來。但就像極力在描繪食物多鮮美可人一樣，當我們想把一道菜說得多惡心反胃，其實也不過是把一張「靜物畫」逆筆來畫而已，還是同樣映不出「物」以外、香臭之外，人類生活面貌的紋理。

要說東西多好吃，或者多難吃，講到盡頭好像就會碰到空空的底。但當我在替故事裡幾個人影做文字素描時，走進他們的世界，卻常會像吃了百味丸般，咽喉堆滿酸甜苦辣混出來的難過滋味。

只要嚼久了，食物會在口中出味。而故事呢？映出人們心底的慾場，身不由己的各種餓換來的卻是滿滿的空滋味。故事裡沒有絕對的好人與壞人，只是人的故事。

3.

地圖是沒有味道的，但生活是百味相纏的。我的外婆生前非常不愛出門，爸媽經濟情況好些後，想出錢讓她坐遊覽車到台灣西部去玩玩，她只有笑笑一句話，「到哪兒都一樣啦，還不是賣吃賣穿的。」任爸媽說破嘴，外婆還是覺得「我這樣就很好了」。

她一生在花蓮山腳下的小鎮裡種點菜、做點飯過慢條斯理的生活，中央山脈過去的大都市長什麼樣，大海過去的別人是怎麼生活，在她的世界裡「都一樣」。

當外婆發出那句「對抗旅遊」的句子時，我正處於「好不容易離家出去可以到處玩」的野馬期，一個地名就是一個目的，我騎著鐵馬跑地圖角落的小鎮，背著二十幾公斤重的背包爬百岳大山。雖然也同意外婆的話「哪兒都一樣，還不是賣吃賣穿」，但我那時就是愛追著地圖跑，不論城外的山水與井裡的世界一不一樣，腳底根本像裝了風火輪。

對外婆而言，她的生活可能不需要地圖，而地圖也可能從未進入她的生活。但她知足恬澹的腳步與乾淨安靜的生活調子卻一直離我很近，這好像是她不經意留給我這孫女的珠寶，早已安在我血脈基因的最裡層，別人偷不走。她有不喜歡出門的原因，我有喜歡出門的原因，但翻過地圖的背面來，其實我也多希望像外婆一樣，彎著身在自己的田裡工作，可以知足地對天對地瞇眼笑一生。

外婆有她的時代，我有我生長的時空。她的那畝田旁邊有竹林，田的上面是天空、太陽，從廚房到雞舍，這是她生活的有感地圖。對我而言，廚房還是我地圖的座標零點，只不過春耕秋穫的季節圖序中夾著海洋的間隔。我不是遊牧族，不是走海人，也不是有田的耕者，過不了農民曆中「宜：合醬、納畜、作灶」的日子，關心的卻是哪天可不可以做「遠行、出行、遷徙」這些事。外婆可能無法理解我的日曆怎麼過得這樣，但我想我們珍惜盤中飧的心情，與期望日子平安快樂的心願是一樣的。

要過到「我這樣就很好」，需要點知足，也要點量才適性，與對自己對外在世界的瞭解。太早愚化自己不會有眞智慧，一路索求不知讓步也不會有任何眞快樂。外婆與我隔了兩代，不論我們腦中的四方宇宙長得多不一樣，相信她會同意我們都得努力做點什麼，努力不做點什麼，然後才好放棄「我執」，到達「知天命，不踰矩」的碼數。

「愼終追遠」不是只有把我們往後方綁，地圖也不能把我們的身體變大。遠步三千水，長行萬里崖，每個定脚處就是眞實，而白紙就是這樣變成有感地圖。

4.

這本書中沒講到異國餐餚，也無意於分析異文化的飲食風俗，它有點像旅行生活筆記，卻又夾了些廚房筆記。天天旅行並不是幸福的事，天天吃得飽鼓鼓也未必就活得免於恐懼，但有個爐灶可以讓自己腸胃舒展暢快，卻是我字典中「安居樂業」的基本定義，徬徨的心靈深處那塊紅通通的熱源火心。

向人問候「吃飽了嗎」是個禮貌，問人「你健康快樂嗎」卻有點複雜。我們都是慾望的餓鬼，明知轉眼都會是空，人間故事還是夾在炊煙霧海中揚起跌落。

世間一場場因果相纏的戲碼，慾望相疊、情恨互鎖，結成一個個故事。是空非空？是香是臭？是珍饈是毒藥？都是一線之隔。在命運還能磨動時，又有誰願意被自己肚裡的餓鬼先一嘴嗞光？

【目錄】

輯三　留味的地圖

【輯一】流浪者的食譜

煮一頓飯，少不了要有爐子、鍋子、盤子、碗筷這些行頭。在外頭跑來跑去的人通常也沒個安定的家，不可能帶齊所有行頭打點自己的伙食。唐三藏到西方取經，一路盡是化緣托缽，他們不帶鍋也不帶食譜，吃到「醬瓜、醬茄、糟蘿蔔」這樣的方便齋後，路還是要走下去。慾望往哪裡展翼，路就朝向哪裡；腳步落到哪裡，帶慾的身體就在哪裡翻轉。人生中眞眞假假的故事說變就變，流水歲月中，每一口塡過餓洞的臭皮囊還是要無法控制地磨下去。

那趟由唐三藏領隊從東土到西天的取經團，不是意在逞勇探險，所以踏上遙遙天涯路，只爲了要取經求道。危險、誘惑從內到外一路鋪到天邊，妖精可以變成楚楚動人的美女，香米飯會變成一罐子拖尾巴的長蛆，眞神妖魔、香美腐臭，要變也是一瞬間。長征旅路的魔道敵人可以有很多，但是從自己身體發出的飢餓，卻是個最常出沒的無形鬼。

在二十世紀末的國界邊緣線上，有愈來愈多旅行者在旅路上度日。我不知道我是不是稱得上流浪者的名號，但生活的軌線卻轉了好幾次折。每個地方都像是家，每個家都不超過四年。回看過去，當年第一次婚姻的瞬間動機只是想要有個廚房。在一個想成家女性的認知裡，沒有廚房的生活，根本不是個家。等到她開始擁有自己的廚房後，她才算離開女孩的圈子，爬上另一個階段的女人山頭。我已分不清當時我只是想做菜，想要有個廚房，還是想結婚。對於一個心願已償的女子而言，走進一個有屋簷的廚房，放手經營柴米油鹽，而且還有人等待她炊火的作品……這樣的驅力幾乎就是一把渴望創造、渴望被需要的火在燒。帶領青椒、白菜、雞蛋……進入灶火的擁抱，生活落到廚房的方寸領土裡，做菜女人的呼吸幾乎就是與灶火同步昇降。

在搬來搬去的生活轉折中，我換了幾次廚房。比利時那次是以留學生身份舉灶，衣索比亞兩個月加上進出柬埔寨幾個月是以非政府組織（ＮＧＯ）工作人員妻子的身份過去。住的時間都不長不短，長得不夠激發任何觀光客熱情想獵尋當地人吃的道地菜，短得又讓我老是覺得「等到安頓好一個廚房了，也是該離開的時候了」。流浪遷動者的廚房成長就是在「明知會走」的念頭下，一個碗、一盞燈、一個空瓶子……慢慢攢下來。然後在適應一切生活細節之後幾個年幾個月之後，放棄身邊的身外之物，離開。雖然「明知會如此」，但日子不能不過。最美好的廚房不是建在遠方的永恒天堂裡，也不是浮在書店裡的雜誌彩色圖片上，雖然我們當下的廚房永遠總是少一個盤子、不夠一個鍋，但也總不好因爲貪愛甜逸美味，就要把自己綁在安居樂業的匾額上。

以下你看到的這幾款食譜，雖然極其平常，卻是我在外頭才學會的菜。方便買得到時，根本不會想去學。等到住在味道都不同的異地時，想吃，吃不到；想買，買不到；就只有向記憶的隧道回挖了。是不是想藉「吃」化解自己的鄉愁，已很難回答，但是那些忙忙碌碌的切啊剁啊，被解到愁的根本不是那些管「吃」的器官，比較實際的是，廚房裡裡外外的勞動已讓人無暇去孵愁鬱的蛋。器官們根本不懂事，它們只知道餓，只知道吃。從生食到熟食，從做道菜到記下這道菜的食譜，如果可以稱這個生活過程是人性的文明，事實上，我也自知與那些有排場的大菜比起來，這樣的菜是在自家餐桌上餵自己人的。

記錄食譜也是日記的一種文體，一款食譜代表了當時當地我的創作經驗，每次做相同的菜式，也會因材料、因心情的轉換而產生變化。有時是出乎意料的完美，有時卻是在百密一疏的情況下走到慘不忍睹、無法收拾的下場，鍋裡的破碎江山讓人想把胃口與殘局一起倒走。

人生是一場自己掌廚的宴席，要甜、要酸、要甘、要油、要淡，自己能選擇，也要能調理。做壞了，有機會下次再試；做得好吃，也是一場腸胃盡歡的喜緣。

一個眞正無家可歸的流浪漢，他沒有家，也沒有一個廚房。但一個把家帶在身上的人還是要發展出糊口的本事。這樣的廚房就像是叢林中的小教堂，飢餓的人不定時在野爐微光中進行對五臟腑的服務。

這幾款食譜記事的對象有食物，也有人物。生命靠養份在撐，也有人與人之間的因緣在磨。相信身在凡塵與嚼過美味的人都會同意：食物的本味眞味易辨好煮，而人的本性慾動則是難識難理得多了。

回鍋的回憶

身處異地的胃，會孤單，也會寂寞。要讓胃獨立，並不是讓胃從四周環境中孤立，而爲了要讓胃能獨立，動手操作本就是最基本的準備。

就廚藝而言，我不是一個會做很多樣菜的高明大廚師；就舌尖品味而言，我也不是一個吃遍各個好館子的老饕級人物。但我和廚事的關係就像一道五味沈積的百味鍋，每一段時間過去，就加一層味。風風雨雨沖走些殘屑，一些還不願走的辛味、甜味、酸味、甘味、爆焦味……則潛入鍋土縫中。每一個熱火回鍋的菜餚裡，回憶成了下鍋的材料。每一捲回憶味絲則飄出鍋外，散入空中。而回憶中的廚房往事，如果脫離了人間煙火，事實上，那樣的廚房是只有神話世界才存在。

但奇妙的是，現代社會中被廚房牽住的女人，與發動一家灶火的女人，她們生命中與廚房的最初始關係往往是從童年扮家家酒的神話廚房開始。從假裝買菜、切菜、炒菜、招呼一家人來吃飯……這樣的角色演練裡不必爲節節高漲、貴得嚇死人的菜價操心，也不必擔心買到口蹄疫的病死豬肉。吃完飯就是吃完飯，也不必吵該誰洗碗了。在家家酒的廚房裡，一切都美好，也應該美好。

珍饈百味會是個多誘人的感官陷阱，未曾入塵世的小孩已本能地知道口角流涎的需求對象。當你辛苦煮了一頓飯菜，等不到家人回家吃飯時，這種油煙混著淚水的打擊也不是玩家家酒的小孩該知道的。那麼，小孩到底知道什麼呢？小孩用他們的眼睛撿出生活中最核心的活動：「吃飯」。爲了完成吃飯的儀式，所以會有買菜、切菜的前置活動。這樣一組生活剪影，是他們對眼前生活的勾畫與想像。是有點把現實人生過度簡化了，但是以這種混雜「寫意與寫實」的家家酒戲劇方式呈現對生活的看法，其實卻是把整幅抽象化廚房的根脈都抓到了。

天眞童戲的廚房裡是煮不出什麼眞能塡肚的菜餚，在眞正進入各色異味充斥的人生之前，色也是空，味也是空，胃的價値觀也是空。充滿飽和力空底想像力的他們，不過是藉著家家酒的儀式進行禪式人生最基本的修行：人生就是洗菜，啖飯，飯後把碗洗乾淨。

在童年家家酒遊戲中，排行尾巴的我總是分到跟班的角色，而現實人生中的前半段，我在廚房餐桌上的角色，也是一直扮演「洗菜、擦桌、排碗筷、洗碗、餵狗」的副手任務。我不急忙吵著要學煮菜，或是要掌廚房的兵符，在一向勤儉的客家人生活裡，當然也很少出去吃飯，也少有機會吃到「別人家的廚房」或「別種烹調手藝的作品」。在一個半封閉且崇尙「萬般皆下品，唯有讀書高」的世界裡，廚房的趣味性與魅力也不會有多高。我從小學起，一路在廚房洗碗打雜到高中畢業離家，其實，廚房也只是我盡家裡「好孩子」責任的一個場所。

但是，在更遙遠的印象中，還年輕時的父母都曾爲廚藝下過一陣子狂熱的苦功。那時我應只有幼稚園大小，視覺印象還記不太牢，但我的鼻子卻能記得整個「做饅頭」的發酵過程與饅頭味道。父親認眞地揉麵粉，把麵團切得像一排排衛兵般地整齊，當蒸籠打開時，那種閒閒下午的空氣纏住麵粉發酵的香味，縱始是把「甜蜜的家庭」唱上十遍，也比不了暖烘烘饅頭所帶來的那種幸福感。

這種甜蜜感除了來自饅頭天然的甜味，也來自於「爸爸揉麵粉，小孩在旁玩」的共同期待心情。同一屋簷下的一家人，在蒸籠掀開的一剎那，大夥的心情也多少會在香氣四溢的蒸氣之中，被感染上「有福共享饅頭」的共同行動節奏。共同期待、共同享受，這樣的同步起伏被血緣牽上，也被胃的生理性反應制約。飢餓心情最後走進黑漆漆的胃，換到最實在的澱粉性滿足。心情的高漲傳染給胃，胃壁的滿足通到心頭……這麼快速的傳導力，在匱乏的時代與飢餓的時刻中，更是緊密相連。

大概是在四五歲時，我迷上「沒有責任感」的發呆習慣。一上了飯桌，我可以一動也不動地口含白飯發楞，讓米粒在濕口水中慢慢發酵、發甜，變成一灘糜爛米團。這樣看似癡傻的「含飯」動作不但需要豐沛的口水量，更要有一種對眼前菜餚全然無動於衷的空白心情，而能潛心讓熱口水與米飯水漿交融作用的耐心。但是，長輩們都不欣賞我的這項根本無傷飯桌禮儀的動作。有次，祖母帶我這個小孫女去鄰居家吃一頓跟婚喪喜慶有關的飯，等到祖母把我交還給媽媽時，也把我在外的表現唸了幾句：「帶這個孩子出去吃飯眞沒用，雞肉放她碗裡也不動，只顧含她嘴裡的那口飯。」

平常買不太起雞鴨魚肉，能吃的就是醃蘿蔔、醬瓜、豆腐、大白菜沾醬油，難得鄰居「辦桌」可以吃點稀罕的葷肉，在這麼簡單的小鄉下，可是一樁腸胃的大事。哪知，不懂把握機會的我，竟還是癡癡地坐在紅布飯桌邊，嚼含一口平常就吃得到的白飯，死守口中這口發酵米汁。一桌子的白斬雞、紅燒魚、九層肉、鴨肉配九層塔都是平常難得吃到的東西，但我卻忘了這些山珍海味的存在，只顧含一口飯磨出甜味，也難怪祖母要大嘆枉費帶我出去，我白白辜負了她的期望。

但是，米飯、饅頭這種澱粉類主食，它們既樸素又有份量的紮實感就是這麼耐在口中浸泡。因爲樸素，所以它們可以讓油油花花的魚肉蔬菜搭配上去，而甘於墊底的米粒，在口水酵素的催化之下，也放出最耐嚼的甘甜深味。平平淡淡的滋味在胃壁打下一層素素的地基，好似一圈灶底暖火在胃下送溫，大小腸子與胃管咽道不疾不徐地動了起來，把一個肚子裡裡外外都灌滿閒閒甜甜的消化空氣。

長大後，我卻也沒有心情再去「含飯」。生活的脚步很快，快得我無法在吃飯時間裡留下回味飯汁的空白，飯碗旁不是報紙就是電視，有太多五光十色的新鮮刺激一再激發感官上的好奇振動。一顆心，活跳跳地，什麼都想試，什麼都想要。一顆胃，趕不上外面的大翻攪，只有接過胃管上頭來的東西，拼命磨壁。到最後，一家人的飯桌奇觀竟是：爸爸埋頭看報、姊姊翻看彩色版報紙、我把飯碗端到電視機前看新聞……一個飯桌幾乎是被報紙蓋得看不到菜。等到把最後一道的湯或醬油碟子送上桌，媽媽才轉頭皺眉對父親說：「怎麼吃飯還在看報……」這個抗議引起的聯鎖反應是：父親放下報紙對埋在報紙的女兒說「不能再看報了」，大夥趕緊把手上報紙窸窸窣窣地疊起來，在電視機前的也趕快回餐桌……

多年下來，這種「吃飯配報紙」、「吃飯配電視」的飲食習慣並沒有提高我們對時事的博學程度，也沒加強我們對文字的鑑析力。狼吞虎咽的飲食習慣吃下匆忙的盤中食物，也咽下無味的紙上文字，吃下一堆後，有時我們也搞不清原來自己是不是眞餓了。吃完了，我們也誤把「漲」的感覺當成「差事已達成」的句點。

吃飯到某個年紀後，總會熬到自己必須餵飽自己的年紀。這個時候，是該獨立的時候，也是要建立主權性廚房的年紀。我眞正開始自己做菜，眞正可以做菜，是從準備兩個人便當的生活開始。而等到一個女人開始擁有自己可以完全做主的廚房領土，就某種角度而言，這是她有權發展自己遊戲空間的開始。我也像二三十年前的母親一樣，從報紙剪下食譜、家事小百科的玩意，認眞地要把個小屋簷下的生活弄得有意思。

在那次的新婚時間裡，應可以算是眞正的新手上路。從買菜、切菜、下鍋，整件事做起來，就眞得像如假包換的家家酒。

剛開始買菜時，我的心情比市場裡各色魚肉蔬菜還要新鮮好幾分。我傻傻地看著「似曾相似」的各種魚肉，與市場外小販攤上奇奇怪怪的各色貨品。那麼逼眞的喊價、殺價、故意走開、還要裝做很不喜歡地挑撿水果……出神入化的演技緊緊扣住荷包的輸贏。熱哄哄的市場不賣秤斤的軟慈悲，但是「人嚇人」的面具卻可四處碰到。賣菜、賣魚的高叫：「明天就不賣了，三包五十啦。」他們堅定又帶恐嚇的音調有如在宣告，明天世界末日就會到，再不買，就得不到救贖了。

「需不需要」、「喜不喜歡」是從慾望土地長出來的東西，菜市場不僅販賣胃部需要的養料，也在刺激心理的貪念。當我把一袋袋塑膠袋從菜市場裡拎回家，我沒有秋穫時分農夫收成的心情，也沒有遊牧獵人追蹤抓捕獵物的勝利，我倒像是一個離開慾望市場，拎著超重菜籃，回到廚房，扁了氣的氣球人。

到了離開東方溫暖濕熱的飽滿家園，到西方取經唸書之時，我並沒有在修院小鎮的百年經閣書院中找到甚麼傲人的黃金屋或顏如玉，倒是在廚房的領域裡發掘到手工生產的趣味。講究口味正統的人，非香菇、木耳、髮菜、蝦米材料不用，我來自不太重視口味的家庭，沒見識過太多上等珍饈，對材料的產地別也就沒那麼苛求。持平地就老饕級品味來說，是沒見過什麼大世面，往好處想，是少了一些口味上的包袱。

自從向人學到包水餃、做包子的方法之後，我像瘋了一樣迷上這種「展現手指功夫」的手工藝。要把一團散麵粉加水揉成大麵團，這對我來說，是個上臂肌頂吃重的差事，但到了捏水餃、摺包子花時，就是我的手指最驕傲的時刻。我的體格頂粗線，但十根長短有形的手指卻是長得斯文。看到我手指形狀的人，幾乎沒人會相信這十支細手指的主人會是生得另個樣。

不論我是不是天生巧手，我的手指倒是頂愛做他能做的事，而捏包子、捏水餃這種事也正是表現拿捏手工的時機。包水餃，是要把一張圓皮做成有底的三度空間，讓水餃整個「形」與「體」可以巍巍壯麗地站立，這有點要靠對幾何學的直覺。兩點成一線，三點成一個平面，四點成兩個平面，整個「手工幾何」的目的就是要讓一張皮站起來。包水餃過程中的每一個捏合就是在創造點面的接合點，這整張軟軟的麵皮被我的手指拉塑出包容性的幾何函數，等到下鍋上桌後，我知道這個函數方程曲線裡將包著滑口的餡。而我的手指所捏塑的水餃元寶，也可以順著蠕動的肉管，進入我最溫暖最濕潤的胃底幽境。

別人家正統水餃的餡都是包著粉絲、香菇、肉末、蔥末這些料。我倒也不是存心造反，只不過家裡冰箱不可能什麼都齊全，這些正統佐料還需要專門跑趟中國商店才能到手。有時臨時起意做水餃，幾乎是看到廚房有什麼料就下去了。到後來，水餃餡裡連馬鈴薯、綠碗豆、紅蘿蔔這種東西也出現了。更過份時，我是把剩菜倒下去，和一些高麗菜末與蛋皮就包進水餃。

這樣小小的攪和還可以，但是有時做過頭了，整個水餃吃起來，還是會有像在吃「菜尾水餃」的感覺。要改革餡的內容也可以、要廢物利用也可以，要創新求變也可以，但一道菜還是要有它應該拿捏的傳統分寸。經過幾次在尺寸大小、餡料口味的實驗後，我也吃了幾次乖。但顛簸不止的廚事實驗沒有馬上把我打垮。廚房森林這麼大，材料、口味、形狀、顏色能變的有這麼多，有經驗、有原則、有方法的廚房冒險並不是對自己的胃口開玩笑；爲了要讓自己過得好，有時得守住老套，有時得因地置宜。身處異地的胃，會孤單，也會寂寞。要讓胃獨立，並不是讓胃從四周環境中孤立，而爲了要讓胃能獨立，動手操作本就是最基本的準備。

飲食文化是一群人在時空環境中，慢慢釀出的花朵。打開生命的大鍋，回憶的味道總會裊裊溢出。雖然珍饈百味樣樣是空，回憶也可能會走味，入口的每口滋味卻都是當下的眞實。

在飢餓與飽肚中間汲汲奔波，在張嘴吐咽的滿足與被生吞活剝的恐懼之中轉盤，一生的滋味就這樣被色、味、香、喜、苦、忌、怨各式塵粉裹住。縱使丟不下的肉身離不開人間煙火，但在凡間的爐火深處，燒過也燒透的慾底清灰，卻已輕輕度過了每道回憶的味道。

台式憂鬱的少女，和她的蛋糕

徬徨，在台灣會有，跑到天涯海角也一樣會有。只不過在台灣親友心目中，在歐洲過蒼白徬徨的日子還是比生活在台灣要來得幸福。

蛋糕食譜

□材料

・基本材料：蛋 3 個，麵粉100公克，糖80公克，發粉一點點（是發粉 baking　powder，不是做饅頭的酵母粉 yeast）。

・可添加材料：葡萄乾、可可粉、咖啡、鳳梨等等。可從基本原型發展出葡萄蛋糕、可可蛋糕、鳳梨蛋糕等。

・用電鍋蒸，不用烤箱。

□測量工具的問題

1.麵粉與糖的份量要如何抓出來呢？

精確地來說，買個量杯，一切就解決了。但對於常常要搬家，又無法爲做蛋糕投下過多資金的人而言，「測量」的問題不是只有「買個儀器」這條路。

2.我無法像「宜室宜家」的人，可以在個固定的廚房，有個量杯。爲了解決測量的問題，我用以下方法來製作「替代性的量杯」：

(1)找個空的玻璃罐。

(2)買一包麵粉，如果包裝上是寫500公克，倒出目測約五分之一的麵粉量。把這個100公克的麵粉倒進空的玻璃罐。

⑶在玻璃罐外貼上標線，註明「100公克的麵粉」。這就是個蛋糕專用的量杯了。再量出「80公克糖」的位置，用膠帶貼示高度，這個瓶子就是蛋糕工廠的量杯。

□做蛋糕的步驟

1.打三個蛋。我沒有分開打蛋黃、蛋白。效果與分開打的無差。

2.先放80公克的糖，再用那個量杯抓100公克麵粉。

如果先放麵粉，蛋汁與麵粉的混合度不高，還要多花力氣攪拌。換言之，在「蛋汁與糖」比「蛋汁與麵粉」親近一點的經驗歸納之下，在「蛋汁小湖」中先放糖，再放麵粉是省力一點。

3.加一點發粉。繼續攪勻。基本上，這團蛋汁糊就是蛋糕的本體了。

4.準備電鍋的蒸盤。切下大概有姆指指甲大小的牛油，放在蒸盤上。把蒸盤在爐子上左右晃動，讓融化的牛油有機會吻上蒸盤的每一寸內肌。

5.在泛著一層薄油的蒸盤裡，倒一點點麵粉。左右拍拍，讓麵粉黏上薄牛油層。

這個動作的作用是要讓即將倒下的蛋汁，與蒸盤表面產生一層「隔絕層」，蒸好的蛋糕才不會黏上蒸盤。

6.把蛋汁糊倒到蒸盤。這時可以加些花樣，詳如下面的說明。

7.到電鍋裡蒸個五分鐘左右。當電鍋鍵「跳起來」時，不要讓蛋糕在裡面繼續放著。否則膨鬆鬆的蛋糕會回縮。蒸好就小心把蛋糕拿出吹涼。

熱熱的蛋糕雖香，但就口感而言，並不是最好。等蛋糕涼個十分鐘，切起來的刀痕也較不會把蛋糕壓擠得亂七八糟。

□花式蛋糕的做法

1.葡萄蛋糕：如果你要葡萄乾藏在裡面，在攪和麵粉時就放進葡萄乾一起和。如果你想讓葡萄乾浮現在蛋糕表層，在【步驟6】後，把葡萄乾放在蛋糊蒸盤上。

2.蘭姆葡萄蛋糕：把葡萄乾浸在蘭姆酒裡，葡萄乾會浸到酒氣。

3.可可蛋糕：在蛋糊的【步驟2】中，加入可可粉。

4.咖啡蛋糕：在蛋糊的【步驟2】中，加入即溶咖啡粉。

5.鳳梨蛋糕：在【步驟6】後，放進鳳梨切片，構成放射狀。蛋糕的黃色與鳳梨的鮮黃，會構成一幅鮮豔搶眼的爆炸色彩。但如果鳳梨帶太多水，會把蛋糕弄得水兮兮，所以小心點，別讓鳳梨片帶上太多水。

■材料

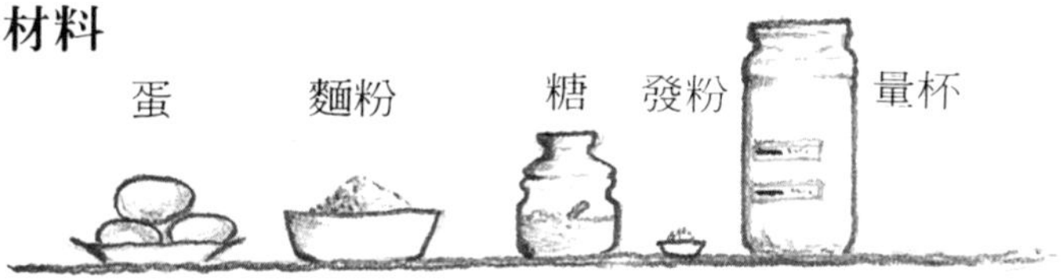
蛋
麵粉
糖
發粉
量杯

■步驟

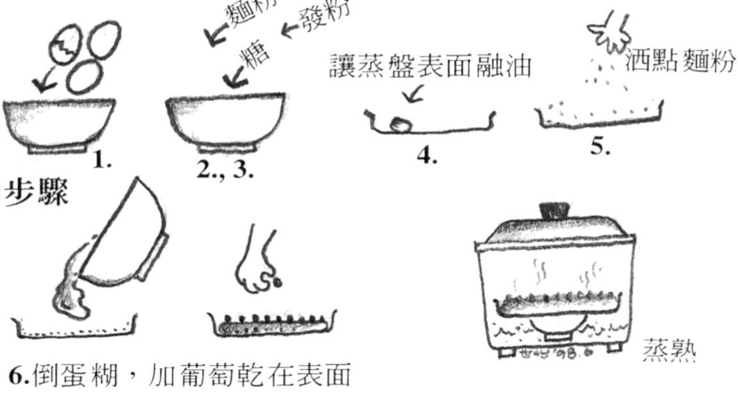
麵粉
發粉
糖
讓蒸盤表面融油
灑點麵粉
1.
2., 3.
4.
5.
6.倒蛋糊，加葡萄乾在表面
蒸熟

把這個蛋糕食譜帶進我生活中的，是一個富裕憂鬱的台式少女。

從一九八五年左右台幣貶值效應開始，海島上不堪聯考的少女也被他們的父母送出鹹水。

這個女孩在同學會聚會裡很特別。第一，她還年輕，不滿二十的她臉上寫滿了荳蔻的天然色彩。第二，她的眼睛裡有種沒有壓力、沒有目標的空洞。

有個成大建築畢業的男生看準這女孩，不是那種成績好，走考高中，考大學，出國的路。大家也心知肚明，但這個台灣出口的優秀考將還是要逼問這女孩，「在台灣，妳是哪裡畢業的？」她淡淡地說「工專」。他更得意地緊緊追問「哪一間？」等她說出那個沒人聽過的學校校名，他嘴角浮現一絲大家都讀得出「妳也配出國來唸書」的毒笑。她呢？還是一樣不在意的漠然。她的臉龐有天然的粉紅色，也有後天的灰色。那麼淡，那麼輕，那麼不在乎，泛著隨風吹送的自我放棄的味道。

那樣的散散表情讓我想起，國中校園裡，被貼上「放牛班」標籤的孩子臉上已開始懂得放棄自己。她可能並不是腦筋頂溜的孩子，腦袋也應付不來每天從早修到晚課，排山倒海般密密麻麻的考試測驗。

在戰鬥島嶼上，要戰勝考試機器，就需要對死知識有絕對信仰。考卷上頭已經有這麼多考題，他們的工作就是背下來，把自己變成與考試制度可以呼應的應考機器。應付不來的孩子手無寸鐵，等到長到漂漂亮亮的年紀時，做生意有點錢的父母就順著那幾年台幣貶值的便宜，把孩子送出島外見見世面，也躲掉聯考的大刀。

像這女孩，十八歲了。已經大得不是小留學生的料。要在此地重新學荷文或法文，是過了點年紀，但如果用點心血，應也不難。隨便唸什麼都好，只要有張過鹹水的洋文憑，拿來當嫁妝也體面。

有天，我在上課的法文學校走廊上遇到她。在一屋子的外國人群中，高高的她靠著樓梯扶手，沒事人兒似地站著。我興奮地問她有什麼我可以幫忙的嗎。她不急不徐地說：「我不知道怎麼跟校長說我要註冊，英文的畢業證書要怎麼說？」

我告訴她後，她繼續站在那兒等著進去註冊。

上課時間到了，我匆匆向她說再見。一大群嘰哩聒拉的異國人中，黑長髮、細眼睛的她實在漂亮。而她身上那一身好質料、有流行線條的衣飾擺明了，她的不在乎酷格調是有一疊得來容易的鈔票在墊底。

她年輕，瘦高，漂亮，穿最好的衣服料子，但她駝著背的身體卻包住一種對什麼都提不起勁的老味。不知道是因爲有錢到不愁衣食，進而喪失了苦鬥的活力；還是因爲她媽媽剛換了新爸爸，她的憂鬱蓋住了她與外在世界的通道。她沒有任何歷盡風霜的蒼傷老味，但厚厚的自結的苦繭，凝住她對外在世界的探索。

她不是很親切，也不是很冷漠。她總是有淡淡心事。大家都是出門在外，後來，我就邀她來家裡吃頓飯。

那天中午，她和另一對住在這棟公寓的兄妹準時來到。她手上帶著一個像發糕又像蛋糕的圓狀物。一進門，那口蛋糕還熱熱的。我看了眞是好歡喜，嘴裡吐出不知從哪裡學來的字句：「人來就好，怎麼還要帶吃的哩？」圓圓的新鮮蛋糕，雞蛋的誘人香味，我的舌頭興奮得把那句客套話也說得口齒不清。

蛋糕鬆鬆軟軟的，這個少女散散茫茫的。她沒有說什麼客套話，也沒有表現被誇獎的喜悅。我問了蛋糕的食譜，她駝著散散的背，過去坐在我們的小桌邊，寫下食譜做料。

吃飯時，我問她還有上法文嗎。她說，已經不去了。接下去，我也不好再對她多問什麼。

在她這年紀，要眞正下大量功夫把法文或荷文學起來，大抵就是有幾個動機：一、決定後半輩子移民在這裡，再苦，也要度過開頭的「移民監」。二、用幾年拿個語文文憑，順便過過異國浪漫生活。不但可以把聯考避開，也出來遊歷一番見見世面，增加以後回台灣的份量。

她可能還在這兩種選擇中間游離，反正自己有大片的嫩青春，父母有大把的鈔票，可以不急。

她的新爸爸是在這個荷語老大學頂吃得開的學術買辦，這幾年回台灣與工程實務界混得很熟（說白了，就是搭上包工程的有錢商人）。L城的台灣留學生都知道，去年，她的新爸爸「帶進」一個執政黨大老的兒子過來念碩士班；今年，帶一個包工程的混混小開來念灌溉系，另外，還引進一位銀行人士的迷糊兒子過來，念一個連他自己都搞不清楚的研究所。

她的新爸爸在台灣與比利時撒下密密人脈的網，算是做點穿針引線的國際商務交流。而作爲這個成功商人的繼女，她則浮在台灣與比利時上空，爲一場不愁溫飽卻沒希望的青春流亡。

她送蛋糕來吃飯的之後沒幾天，我就去買麵粉、發粉、雞蛋，照她寫的食譜做起來。那張紙上，她的字和她的人很像：輕飄飄，鬆垮垮。每個筆畫撇捺幾乎是半拖半拉地在紙面上抹出來，一個個字好像都無法站穩。

那個星期裡，我應用以前在理化實驗課學的方法，發展出在這個簡陋廚房裡做蛋糕的行頭與工作流程。我向鄰居借了個廚房用的小秤子，量好一百公克的麵粉量，倒進空果醬瓶，用筆在瓶外標示高度。以測量麵粉的體積替代測量麵粉重量，這樣以後我就不用每次向人借秤子了。

我宛如在指揮一首蛋糕交響曲：第一樂章是倒粉，「麵粉，你進來」。再來，「糖，進來，和麵粉疊一起」。進到第二樂章，是激動的打蛋急板。第三樂章則是麵糊與蛋漿融合交替的行板。最後則交給電鍋噗噗地悶聲低鳴。那陣子，我幾乎就是這樣陷在做蛋糕的魔幻世界裡：可可蛋糕、香草蛋糕、鳳梨蛋糕、咖啡蛋糕、麥粉蛋糕、蘭姆葡萄蛋糕……它們都不過是我手下戴了不同面具的蛋糕。

有天我在公寓門口遇到她，她和那對兄妹中的哥哥一起，正要進電梯。我向她謝謝蛋糕食譜，但看她沒有很大興趣，我也不好炫耀我改良蛋糕的細部情節。

耶誕節長假時，那對兄妹的妹妹回台灣渡假去了，我去敲他們家門時，發現原來哥哥一個床、妹妹一個床的擺設已經變成兩個床併在一起的大床。她懶懶地攤在沙發上，茶几上有幾本台灣帶過來的《儂儂》、《姊妹》雜誌。廚房水槽一堆還沒洗的碗盤筷子發出一層重氣味的辛蒜醬油味，調理台上則一疊疊堆滿了黑橋牌香腸、香菇、肉鬆這些家鄉來的東西。當她往窗外看時，我實在無法知道她是想念熟悉的台灣，還是爲這種「男友床上過幾晚，回去自己住所過幾晚」的徬徨青春惆悵。唸書嗎？工作嗎？嫁人嗎？對她而言，好像都還不太需要。生活中不愁吃穿，她是在幫發點財的台灣父母做跨國消費。徬徨，在台灣會有，跑到天涯海角也一樣會有。只不過在台灣親友心目中，在歐洲過蒼白徬徨的日子還是比生活在台灣要來得幸福。

她是一個漂亮、幸運的年輕棋子，被送到乾淨如畫的國外。但她不是嫁到深宮做怨女，也不是被外逐到塞外的小公主，那是幾千年前在漢朝唐朝流行的女人故事。在我的印象中，她像朵淺色花蕾般在花瓶中綻放，那些失去選擇抓力的細根，卻已暗暗在這口看似美麗的外國花瓶底下慢慢泡走生命力。

蛋糕是用雞蛋打出來，而每個雞蛋則蘊藏著一個完整的生命。沒有打爛成漿的蛋糊，就沒有鬆鬆香香的雞蛋糕。不能理解的是，我們吃下不知名母雞這麼多的奉獻，我們一生的生命禮物又是要獻給誰？沒有選擇、沒有毅力的生命，剩下的就只有等待，等待讓無聲命運張口吃下。

陪葬的天鵝湖，以及水餃

若妳不知道妳已是女人、必須是女人，總有人會教妳。大女孩教小女孩，大家圍在廚火旁，揉著腥味、素味，一起學習這個不能躲的民生任務。

水餃食譜

□材料

1.餃子皮：麵粉、水、一點點鹽與少量的糖

2.餡料：高麗菜、肉末、薑末、鹽

□做餃子皮

1.餃皮不用放發粉或酵母粉。用大碗公裝麵粉，加水，加一點點鹽與糖，在碗裡揉一揉，然後放在桌上揉。

2.揉麵粉的「最終境界」是到達「三光」：也就是麵粉團、桌上、手上，三個表面都光溜溜沒有粉屑。

3.把麵粉團切成幾塊，搓揉成一條。把這一條用刀切成一塊塊。

這裡所用的刀法是「花刀」，也就是切完一刀後，把這麵柱子轉個半圈，讓下一刀與前一刀的刀面方向不要平行。

4.關於「花刀」：這種花刀法在切小黃瓜與紅蘿蔔時很常用，意在增加這些塊狀蔬菜的受熱表面積。但爲什麼切麵粉條桿時一定要用花刀刀法呢？我們可以做個實驗：用花刀切出來的小麵塊，只要用手掌壓下去，在二度空間上就可以得到個圓形，以這圓塊形狀爲基礎，可以方便地桿出圓餃皮。但如果切時是平行刀法，手掌壓下去並無法得

到圓形，反而是長方形。基於「圓形桿出圓形」比「長方形桿出圓形」容易的經驗歸納，花刀實在是切長麵團過程中一個「創造好皮形狀」的下刀方法。

5.關於「桿棍」：我的行囊中無法帶著桿棍，所以我最常用的變通方法，是把酒瓶紙標籤洗掉，以酒瓶桿餃子皮。在比利時小鎮時，有個台灣太太很會做菜，她把用廢掃把的桿子鋸了幾段，洗淨刨光，做了三枝桿棍，送我一枝。那枝修得漂亮的桿棍是我那時練桿皮很大的鼓勵。

6.餃皮桿法：最美好的餃皮造型是圓心厚一點，圓周外緣薄一點，捧起來看，要帶點宋代「定窯」瓷碗的那種隱隱外放，緩緩向上收斂的線條。

推桿時，左手提一邊，讓桿棍沿圓外推。因爲左手的勁道，餃皮會有往上提出去的作用，整張皮桿出來才有「包起來」的三度空間感，而不是躺得死死的一張皮而已。

□包餡

把餡料放中間，從半圓的中間先捏下去固定，折兩個小縐褶，固定餃翼的尾巴。另一邊，也對稱折出。

□下鍋

水滾後，下餃子。剛開始的一分鐘是餃皮最容易黏鍋的危險時刻，要用鏟子慢慢推一推，讓餃子在水中游泳。

□過盤

熱水滾過三次後，可以把餃子撈起來盛盤中。但餃子還帶著些水滴，爲了避免水餃黏盤子，最好把盤中餃子倒到另一個乾的盤子，把原盤子擦乾後，再把餃子倒回來。這道「過盤」手續可以在倒來倒去的過程中，把水餃表面的水給「過」掉。

自己桿皮是多了點手續，但最大的不同在於，新鮮的餃皮「會呼吸」，嚼起來有韌勁。涼後吃不完的水餃放冰箱，煎一煎就成了鍋貼。

■做餃皮

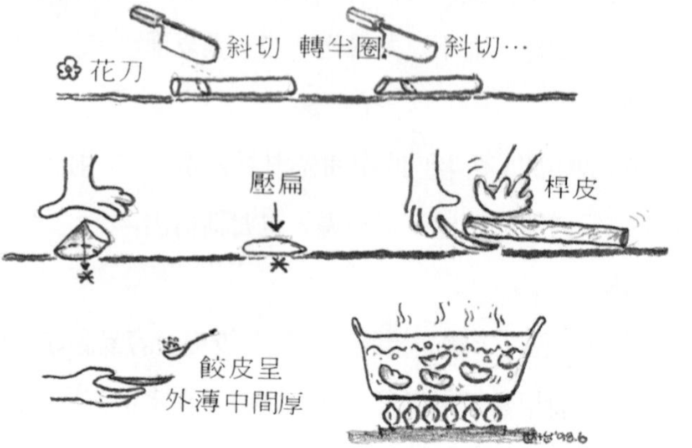

1. 大時代的小廚房風景

對水餃發源地的北方而言，餃子就是餃子，那是常常會吃到的麵食。但對我們這種島上的客家人而言，在那個年代，水餃是外省人帶來的新菜。雖然「外省人」不是「外國人」，水餃也不是「外國菜」，但我上幾輩的祖母、嬸嬸根本不做這種新玩意。在那個講方言要被罰錢的國語時代裡，「做水餃」比較像是還沒出嫁的女孩們，從社會大廚房中學來的新生活、新手藝，然後回到自家小廚房對女性同胞做推廣活動。

在水餃的「眞正祖國」裡，過年吃元寶，是個習俗。但如果要我們這種客家人在圍爐年夜飯裡吃水餃，而且有年長長輩在飯桌上，還是有點奇怪。怎麼說，在國語還沒順利內化長進聲帶的年代裡，水餃是講國語的人會做的菜。倒不見得做水餃就忘本，但我們已沒和鄉下的祖父母姑姑阿姨住一起，也沒人教我們做菜包、醃醬瓜，我們的飯桌離鄉下外婆家的稻埕與她菜田的泥土是愈來愈遠。那幾年裡，爸媽想的是標會存錢買房子，我們想的是考到台北的學校。同一個屋簷下，我們都有理性的目標讓自己犧牲奉獻。

唸書唸到有文憑、做菜做到不會丟臉，這是一個女孩子交給未來婆家最好的兩件嫁妝。頂天立地的人物是風聲雨聲讀書聲，聲聲都入耳。憂蒼生的人物是家事國事天下事全要掛念。但落到戒愼怕事的人家，風聲雨聲這段是可以省了。而若眞要關心國事天下事，還又怕踏進白色恐怖的黑影。風聲、雨聲、讀書聲，取最後的讀書聲會比較實在；家事、國事、天下事，管最前面的家事就好。人生啊，不要爲反對而反對，讓我們爲服從而服從吧。

眞空後的德智體群，「德」就是服從不造反，「智」就是問這題會不會考，「體」只剩伸手伸脚跳跳大會操，「群」比較好辦，說大家說的話，做大家做的事。所有的夢都是要等到考完試才能做。半大不小的年紀裡，我們還沒學會別的，已先要懂得服從別人與自我犧牲。

在閒來無事的假日裡，如果家裡女孩子們自動自發進廚做點東西大家來吃，也不會有人認爲那是壞事。要不就坐著唸書，要不就去做家事，還有什麼畫面，能比這兩種家庭風景，更讓父母看了放心的？

2. 非正式少女成人禮

包水餃時，二姊是當年桌上最紅的人物。奇怪的是，她就是可以把水餃包得挺傲有角。和別人的水餃比起來，她的水餃隊伍簡直是一排巍巍站立的天鵝湖芭蕾舞群。水餃從腰窩弧度拔起挺胸的曲線，我幾乎要懷疑那些驕傲的水餃已經長出脊椎骨了。軟軟的一張圓皮被拉成連續的幾何平面，薄薄的皮裡包著結實的肉餡，伶俐的彎皮角度下藏著不破皮的韌度，二姊捏出的水餃就是與我們這等泛泛之輩有很大不同。她的每隻天鵝都挺胸揚顎，整齊白淨，那麼整齊的角度活像訓練多年的古典芭蕾舞團。

如果她的水餃是跳天鵝湖的挺直白天鵝，我就是那隻暗中崇拜她的醜小鴨。頂著一頭西瓜皮與戴著黑框眼鏡，其實我們都一樣醜，一樣在升學苦海中悶悶地游……吃過週日中午的天鵝湖水餃後，二姊會猛看電視影集，我則跑到後院和狗玩。晚上一到，當我們兩個坐在書桌前整理第二天的書包，空氣就變得很無奈起來……

在一個穩定的中產階級家庭裡，要想很不會考試，其實也有點難。每天帶便當上學，吃過晚飯輪流洗碗，日子就是以考試來切割季節。我們並不是眞乖，只不過習慣了當架上沉默的塡鴨。

國二前，二姊還有學長笛，我也學小提琴。不過，一到國三，父母把這些全停掉。只要以後長大，可以告訴別人「我學過樂器」，這就夠了，那些鈔票送出去的學費也夠換來一句炫耀。不能亂跑出去打球，不能一個人出去吃冰，我的週日過得很沒體力，能把過剩精力用出去的就只有做水餃的團體活動了。

做水餃費工、花時間，如果有兩三個人來一起包水餃會更好。這樣的手工處理過程擺明了，它是個「人多好辦事」的廚事，也可以提供女孩交換成長情報的嘰嘰喳喳時間。到了「假日中午」或放假的重大日子，家中的廚房就會熱鬧起來，從安排買菜、剁菜、招呼人手來幫忙到下鍋沸煮，非正式的少女成人禮一路綿綿攤開。

這樣的生活儀式很零亂也很實際，女孩們在七手八腳、手嘴忙碌之間，割下自己一段鮮跳跳的青春時段，獻給煙火裊裊的廚房祭壇。大女孩牽著小女孩的手，在刀板、炊煙、肉末、麵粉的場景裡，一起學習最時髦的廚房新把戲。

一、二、三，在餃皮這裡捏下去。下鍋、澆三次冷水。纖細的十根手指技法遵從每個指令，沒有一根指頭可以叛逃。左鄰右舍、上下姊妹一起來夾持，把青春動能從找得到的地方全網進廚房。若妳不知道妳已是女人、必須是女人，總有人會教妳，她們會把技能教給妳，讓妳得到獎賞鼓勵，告訴妳這條典範的炊路要如何上路。大女孩教小女孩，大家圍在廚火旁，揉著腥味、素味，一起學習這個不能躲的民生任務。

那時候的星期天早上，家裡就會有人上街，到中華市場買水餃皮。那時，我根本不知道餃皮也可以自己桿出來，還理所當然地以爲，它們的來處就只是「買來的」。既然市場裡有得買，我們也不知不覺接受，用機器切壓出來的水餃皮是比較「現代化」些。

十一鐘點左右，我們開始七手八腳包水餃。廚房與餐桌擠滿了嘰嘰喳喳的人聲，與各式各樣亂七八糟的材料：灑在餐桌上的麵粉是爲了怕水餃黏桌、廚房地板上的高麗菜屑是切菜本來就會掉下來的、水槽裡薑末是磨剩的……每一個角落的零亂都是爲了成就水餃，每一個興奮忙亂的腳步也是爲了期待水餃的誕生。要造成家裡熱鬧的方法有很多，但光是做一頓水餃就可以把我們的廚房餐桌弄得人聲、麵粉共飛揚。

圍在桌旁，大夥不只「做」水餃，也交換別人的人「做」得怎樣的意見評論。左鄰右舍的故事、學校的新敵人都是故事裡可以炒了再炒的題材。講到高興時，每張嘴都變成喇叭口，嘀達達、嘩啦啦，大家同步把唇邊拉鏈拉開，老老小小的笑聲合奏出高分貝的笑聲環繞音效。

但二十年後，我偶問起有兩個小孩的二姊，還包水餃嗎？她茫茫地搖搖頭說，已經忘了怎麼包了。我好可惜地瞇眼看著她。她說：「妳難道不覺得嗎？像現在年紀越大，記憶力就越差，我已記不得當年是怎麼做的了。」

我既同意又惋惜地點頭。她曾是我心目中做天鵝湖水餃的偶像。妹妹崇拜姊姊，這有點天經地義的正常。但如果連偶像都說「忘了」，我還崇拜她嗎？人會長大，天鵝也會老、會死；時光的湖水往前流，還有誰是什麼都記得呢？

做菜這種勞務，不只是勞動力的付出，也是要加點「心」的想像作用。因爲用心，就會想要完美；因爲想要讓表演完美，大腦就會牢記什麼樣的材料有什麼味道，心中也會產生對菜餚圖案的一幅藍圖。這裡有實驗創新的過程，也有重覆練習所累績的經驗。一回生，二回熟，做菜也就是這麼一回事。但久了會生疏，生疏多起來就變成遺忘……「無法再回到過去」也就是這麼一回事。

3. 七月一日中午的水餃

二姊包水餃包得最好吃的一次，是在民國六十九年七月一日的中午。那天，是我大學聯考的日子。

我是全家最後一個考聯考的孩子。考期近時，家人都裝沒事，我也裝做跟平常一樣。六月三十日的晚上，二姊問我考試回家的中午想吃什麼。我想了想告訴她，想吃水餃。

七月天的中午熱得像鍋水在沸，我無法想像二姊是怎麼把高麗菜切得脆口。在大鍋滾燙熱水旁，她必須忍住熱氣，用鏟子推推水餃免得它們黏鍋破皮。在這同時，她也得用最短時間與最大力氣，把餐桌、地板上的粉屑、菜末都擦乾淨。

那天中餐時，家人都很關心我早上考的情況，卻又怕變成我的壓力。而我也害怕，如果我講考得不好，他們會擔心；但我也知道，如果我講考題都很簡單，他們又會嘀咕，叫我不能「老是」那麼驕傲！

還好，水餃很好吃。大夥看我能吃的樣子，也好像放心了點。

我的聯考過去後，這個家也慢慢在宣告，孩子們眞的都長大了，都要離家唸書去了。等我九月打包到南部去唸書，家裡空得只剩下爸媽兩人與一條狗。在那個熱烘烘的惱人考季裡，滾過的水餃就這樣把我們家最後一場的聯考送出去了。

我忘了那年七月一日炎熱中午的水餃到底是有多好吃，但回味起那場「只要考完聯考，妳再做什麼都可以」的繳械青春裡，我卻深深記得被考試、課本塞脹的感覺。熱鍋上長烤的無名光陰，已被揉到生命灶爐的底下去了，無辜的灰燼卻還泛著焦慮味。二姊手下天鵝湖般美麗的水餃替我的聯考送了終，但陪葬給考祭的又何止這些呢？

睜一眼閉一眼，還有包子

四十多歲那位，看來有種社會主義國家女人的樸素與蒼老。那種「老」不是老在心，而是結結實實地老在她的皮膚，老在她的衣服顏色。

菜肉包子食譜

□材料

1.包子皮：麵粉3碗半、溫水1杯半、發酵粉2茶匙、鹽、水

2.餡：高麗菜（300公克）、絞肉末（300公克）、粉絲、鹽2茶匙、胡椒粉、醬油3湯匙、香麻油2湯匙

□揉麵團

1.催化粉劑的形狀辨識：發酵做蛋糕的發粉（baking power）比較細，直接放進麵粉就好。但是做包子的發酵粉（yeast）形狀比較粗一點，有點像是木頭門框被白蟻蛀壞，所留下一地的屑屑細粉。發酵粉若直接放進麵粉團，一點作用也沒有。

2.動手揉麵粉之前，必須先用溫水把發酵粉泡泡攪個2分鐘。這杯酵母汁聞起來，有很濃的甜美發酵味道。

3.麵粉堆成小丘放在麵板上，在中央撥出個小穴，把香香的發酵粉汁倒進，用手揉出軟度適中的麵團，拿塊微微帶濕的乾淨布蓋上去，讓麵團的體積發脹到2倍。

□餡料

肉末、高麗菜、粉絲末、醬油、鹽、香麻油和好。鹽巴量

與菜量的比例很重要，若鹹過頭，包子外表再漂亮，也是吃不下。

□**包法**

1.把已經發脹開的麵團，放在麵板上好好用力搓揉。揉到像大理石雞蛋般光滑之後，分成三十份小圓球。

2.用手掌壓扁小圓球，拿桿棍（或用酒瓶）桿成中間厚，周圍薄的皮。放進菜肉餡。

3.包包子的手法有幾個要領——「提、捏、摺」，最後以「轉」一圈謝幕：提起麵皮外緣，捏出一折一折的摺痕，然後合攏。爲了讓包子可以圓整好看，通常我會把包子放在麵板上，用雙手轉它一圈，爲包子的造型做最後的潤理。

□**醒發與蒸功**

1.中國文字對於複雜中國菜的烹煮過程，也有貼切纖細的對應。像包子麵團被「發」到兩倍大後，我們把它壓揉成原樣大小。等到餡包進去後，我們還要讓麵粉中的發酵粉再「脹大」一次，這時，我們不用「發」這個字，而用「醒」來形容麵團伸伸手臂把體積推出去的「醒」樣子。

2.當包子包好放進蒸籠時，最好在每個包子之間預留一點空隙。因爲，從排好包子到開火去蒸中間，我們有20分鐘給包子「醒」過來，包子的體積會因酵母粉的再作用，而微微鬆醒變大。

3.包子醒發20分鐘後，可以用大火蒸20分鐘。蒸好就是一籠菜肉包子。

■材料

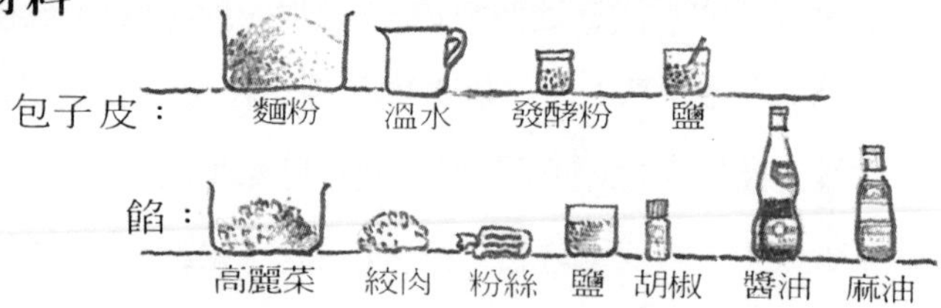

■揉麵團

離開台灣後，有機會接觸到來自不同國家的各種人物，包括我們國家的頭號敵人：「共匪」。

從「抗共、恐共、矢志滅共」的教育環境下長大，在放洋之前，我們這種五十幾年次的人，一直沒有機會見到眞正的「共匪」。想像中，「共匪」與「匪諜」是同一幫人物。既然是匪諜，他們就會戴墨鏡穿風衣，除了行跡可疑之外，他們被唾棄的程度已近乎鬼鬼祟祟的蟑螂了。老實說，我還沒心理準備，「匪」也是「人」。

聽說，有一個台灣留學生到達這裡後的第一天，到街上晃了一圈，很興奮地對朋友說：「嘿，我看到共匪了。」說人家是「共匪」，有點太幼稚了。我們有另幾種叫法，稱呼那群與我們講同種語言的對岸者，如「老共」或「大陸的」。

在我們班上也有一個大陸人，人頂鮮的，剛開始時，他也不太適應台灣人說話。講華語的大夥聊到課業不好應付時，他還會冒出一句「向雷鋒同志學習」。台灣來的我們茫茫然請他解釋，誰是雷鋒。他恍然大悟，浮現一種害羞。「哦，我差點忘了你們是台灣來的。」然後有點不好意思地告訴我們，雷鋒是個偉大的同志。他那一口溫州腔的普通話與一臉憨笑，實在就是演張藝謀電影《黃土地》裡的中國人。

至於共不共匪，解不解放。我們也很少去碰。這個溫州老兄是自費來的，我們班上台灣同學也全是自費的。我們都沒領哪個組織單位的錢來，各自把自己的文憑拿到就好。大家見了面，也是掛著中國人式的微笑。天一高，皇帝與政府都遠，在沒有重大衝突發生下，我們也不會天天去想，他們的政府與我們的政府曾拿著大炮打到誓不兩立，至於以後的事，眞的就很難說。

天天想著明白事，未必會讓大家舒服。柴米油鹽與民主自由一樣重要，它們讓人舒服，也讓人發愁。是「匪」，非「匪」，是「敵」，是「友」……民族情感就像火藥庫，一不小心就會擦槍走火，炸得溫血四濺。但它也像個熱烘烘的土鍋甕，放在天冷的胡邦異鄉裡，還是有點暖貼貼的作用。

但閒談間，也有台灣同學圈內「大老級」的權威人士警告說，有幾個大陸領公費的，出來已有七八年以上，是中共大使館的線民，那些才眞是厲害。但我也沒把這話放心上。

研究所裡的課不多，有很多空著的時間。每週三早上都有學校教授太太爲外國女留學生或女眷辦的「國際學生聯誼會」。如果你要說，這是個右派價值觀的殺時間活動，我一點也不反對。這個活動地點設在一個歐洲中世紀修道院重新整修後的房子裡，古色古香，花木扶疏。十幾個桌上有一盤盤的餅乾、咖啡、茶（當然沒有酒），洋溢著一種和教會活動很像的氣氛。「閨秀型」的寒喧不痛不癢幫大家度過兩個小時後，十一點到了，大家也都要回家做飯。

一天，在那個餅乾咖啡的活動裡，我看到兩個沒見過面的大陸女子。一個年紀比較輕，客客氣氣地。另一個，微微駝著家事做多的背脊，應有四十歲了，好像還生活在文革的隧道裡。我主動過去與她們坐一起，才知道她們都是來伴讀的。四十多歲那位，才剛到比利時半個月，看來有種社會主義國家女人的樸素與蒼老。那種「老」不是老在心，而是結結實實地老在她的皮膚，老在她的衣服顏色。風吹風刮，沒有雪花膏保養品幫忙抵抗，皮膚也自然要投降了。她的衣服式樣幾乎是停在二十年前的鐵幕中國，但是，她不忮不求的怡然神態，不關乎共產主義或資本主義，那是一種活到某種年紀之後，眼簾半開半垂，知足、了悟的性格。

一位教授太太拿著咖啡壺親切地問她，要不要加糖。她露出蛀得黑黑的黃牙齒，一個一個中文字說：「我不會講英文。」在這句話的表情裡，沒有自卑，也沒有害羞。她看起來，眞的像活得好好的。在歐洲小鎮的華人圈子，這樣簡單的氣質已很少見了。

要留在歐洲？還是回到大陸？這是小鎮華人圈裡，大家互相咬耳朵的話題。拿公費的，照理說是要回去，但明的暗的，多數人還是想留在歐洲。不論最後是「走」或「留」，都一樣要把語文搞好，學習跟上。但想要把語文學到自己的生活中，是要花時間、天份、苦工的，更需要可以用的機會。當這個生活工具無法練出來，人對外界環境的反應會變得有點不自然。別人講什麼，你聽不懂；紙上寫的，也看不懂。雖然可以猜，用眼觀察，但你與外界的溝通管道像一條掐緊的水管時，整個人的「氣」也不會順。縱使懂再多學問知識，到了這時候，整個人也近乎破功。

適應不來，馬上回去？不行，可沒那麼簡單。適應有問題，就加緊學習？這也不是一天、一個月、一年，用勤勞就可以改變的。年輕加上勤勞，是在打一場有未來的熱戰。但若要一個有點年紀、定了型的人重新搞文化適應，舊的已難去，新的又學不來。在「自己恨自己」的雜質心情中，再恨也是只能怪自己笨。如果要恨自己沒生在歐洲，這又好像會罵到自己頭上的炎黃祖先。班上那位溫州老鄉聽說肯亞同學英文那麼順的原因，是因爲這個黑人國家被英國殖民過，憤憤說：「這些黑人憑什麼英文會比我好，如果當年中國也被英國或美國統治過就好了，那現在我也不用那麼辛苦學英文！」才發完這牢騷，他自己也覺得不好意思起來。比不上白人，也就認了，還輸給黑人？這個世界的座標是怎麼了？爲什麼老天不把我生在比較舒服的國家呵？

這位大陸太太剛從大陸出來，從髮型到鞋子完全符合苦難同胞的圖畫。但她不苦不怨的表情好像也不煩悶什麼，最起碼她看起來並不想和誰、或和自己過不去。

我們三個女人很高興地一路聊下去，自然也帶到先生、家庭。我還年輕氣盛，冒出幾句話數落當時的先生。年紀最大的她對我說：「夫妻嘛，睜一眼閉一眼，就好了。」

我傻住了。沒想到這句「那麼老的話」，還會有人在講。楞好久，我不知道這句話是她從文革尾巴撿到的？還是她從半輩子女人生活中歸納出來的理論與結論？

那陣子我剛學會做水餃，對於手工麵食類存著極大的興趣。問這兩位專職家庭主婦，可會做包子。光是看她們說「常常做」的口氣，我很高興地知道，找對包子師傅了。當時，我們就約了下午吃過飯後，到那個比較年輕的大陸太太家做包子。

我帶香菇與一點絞肉過去。心裡也知道，人在異地，大家都沒根，今天接受了別人的東西，什麼時候有機會再見面還人情，也難說。大家一起分攤做包子的材料，一起共度時間，是一個緣，若留下一根蔥的債，「下次會再還」的「下次」，其實是對彼此命運的惡賭。人情事故皆文章，也是帳本。女人間互相學習做菜的小事，在資源匱乏的異地裡，變成互相取暖的大事。我把做菜材料放進袋子裡，吊在腳踏車車把上，往她們住的宿舍騎過去，興奮的心情好像要去好朋友家玩家家酒一樣。

他們住在同一棟宿舍「可林伯科大宅」裡。這棟百年歷史的中古建築物，在校方細心整修下，外表仍保持紅磚細窗的悠悠古風，但建築物的內部設計都頂考究，暖氣、廚房、排水管線的施工品質細得沒話說。古典與現代在四周林蔭環抱下，共同融進這棟得天獨厚的古董宿舍。從她們的住所看來，兩家唸書的男主人應該是官派或拿獎學金過來的。

我們邊聊天，邊包包子。她們手指間的徐徐節奏，有種舞蹈般的協調感，彎過去扯過來，一個個圓圓的包子就端正坐在薄薄粉桌上。一群白白包子好像睡著的傻綿羊，等著進蒸鍋。趁著蒸的這段時間，年紀大的她邀我過去她家坐坐。於是我們上了電梯，順著走廊一起過去。

進了她們家門，有一位眉黑眼大的中國男士在屋裡。這位先生看來大約三四十歲，應是屬於大陸社會中知識青年的「國家棟樑」型人才。

我得承認我的表情是有點楞住：他們是夫妻！他的銳氣使他看來年輕，她的樸素皺紋則讓她顯得比實際年齡還老，兩人站不近的距離倒像她是這個男人的遠房阿姨。他有一付力爭出頭的強硬眼神，離開中國放洋來，就等取得成就，光耀門楣。但他們怎麼生活在一起呢？他們之間的婚姻靠得是女人得對她男人「睜一眼閉一眼」？也靠男人對老婆「睜一眼閉一眼」？

她指指她先生，對我說「那是我先生」，又對她先生交代一聲，「這是台灣來的朋友，早上認識的」。我們兩個女人就站著繼續聊。他先生聽到「台灣來的」，眼睛不安地轉了一下，但還是自顧自地坐在他的沙發上。

兩個女人站著聊包子，一個男人坐在客廳，我們有點像「遺忘」了他的存在。女人站著，男人坐著，這幾乎是習慣了。我能期待這位婦人，引我進客廳坐下，三個人交換做包子的心得？或是聊聊氣候？

我和這位太太聊了一兩分鐘，客廳的男主人突然以一種發表演說的音量與表情發出聲音：「台獨是沒有希望的，只要台灣膽敢獨立，中國一定會打過去的，中國絕對不容許台灣搞什麼獨立……」

當這位愛國者開始講話時，他老婆和我都有點丈二金剛摸不到腦袋。我們在講我們的包子，他折了哪根筋跑出來宣誓鎭壓台獨？也不知道他在怕什麼，目光也沒敢與我們對看，從他坐的沙發到我們站的玄關處有四米遠，他一步也不敢移近，只是僵硬地對著空氣在講話。

他以爲台灣來的就全是搞滲透、分化、暴動的諜報份子？或者他已假設，台灣的都是敵人；是敵人，就不應該來他家。這個唸書男人嘴邊吊一大串反台獨的字，但事實上他也在說一種家家酒式玩不下的話：「這是我家，不是你家，你走開。我討厭你，走開。」

我可以感覺到，我台灣人的身份已對他構成威脅。他害怕有人會密告，他家客廳曾出現過一個台灣人。到時，如果他只交代「那是我太太做包子的朋友」，這樣的說法可能還不夠。更嚴重的是，如果他的忠黨性被懷疑了，可能連獎學金都不保，甚至，他在大陸的親友還會收到當局的信，要他們嚴加勸導海外弟子。這樣的麻煩事，可不是包子不包子的事情。也難怪我這「包子特務」一踏進他們家門，身為一家之主的他要馬上亮出他的政治立場。

當他在發表反台獨種種的那一分鐘裡，我們兩個女人都沒有中止他，剛開始是錯愕，再來能想到的是：別讓另個女人受窘。如果我出招攻擊這位大中國主義男士，當我離開後，我的朋友可能會被她先生罵，「我拿了獎學金到國外來，讓妳有機會來歐洲，妳卻糊裡糊塗帶個台灣人來我們家，毀了我的前途……」

這個男人在兩性關係上，生到「大性」的那邊，在兩岸關係上，生在「大國」的那一國。作為一個沒有自信的「大」者人種，他能做的也只有「自卑的防衛性攻擊」：恐嚇另一邊的「小性」、挫挫來自對岸「小國」的人。吃掉「小的」，不一定會讓「大的」變更大，但空空的「大的」，卻需要時時提醒自己，大聲提醒別人「我是大的」。

回到做包子的那一家時，第一批包子已經蒸出來了。包子裡面的熱餡鮮得沒話說。滿屋子熱騰騰的香味中，我們都餓了、吃了、笑了，也飽了。從走出她家到回到這一家的桌旁，我與她繼續談包子的瑣碎老話題。她沒有爲她先生的奇怪行爲解釋或道歉，我也沒向她問剛才是怎麼回事，一切都是頂「中國的」：大家眞的是睜一眼，閉一眼。我們都裝做什麼也沒發生。而事實上，剛才又發生了什麼事呢？

這個男人的傻心事，我們兩個女人都能理解，還要什麼解釋，還有什麼可道歉？小眼睛小腦袋的愛國者喜歡朗誦教條。如果他心中有鬼，唸唸老咒語不一定可以去鬼，但多少也讓他覺得安心些。我是他的敵人，她是他名份上的愛人同志；我們做我們的包子，那個男人要愛國愛到這個地步，就讓他去了。

比利時早秋的天黑早早就來，窗外陰陰的樹影被風搖得呼呼叫。我們三人揮手道別，各自帶些包子回去。我迎著冷風，繞過樹林，往回家的路騎去。

再來，我幾乎沒再看到這兩位大陸太太，我們大概怕給對方惹事，也沒誰敢去拜訪誰。過了半年多，參加個德國科隆市嘉年華的一日遊活動。同遊覽車中，我赫然看到那位必須讓太太「睜一眼閉一眼」的先生。他身旁是個十歲大的女兒。他的愛人不在場，應該已經回大陸了。

我不知道這個「睜一眼閉一眼」的家庭是不是一齣現代版的「夫在外求取功名，妻在鄉守盡貞節」故事。其實如果兩眼全開，或兩眼全閉，只怕所有的婚姻都難保全。

婚姻，無關匪非匪，跌進一樣的塵世，最怕的是全搞清。忠烈愛國者，切進敵我共存的異國戰場，最怕的是敵人未現身，那些被教條裹滿內外的戰士，已先把自己逼進他所想像的戰爭之中了。

母儀天下，異鄉舊山河的春捲

好食物永遠是她在異國照顧家人、照顧族人好友最主要的工具。奇怪的是，在她家做客，好像是時光倒流：每個人都變成她要照顧的小孩。

春捲食譜

□材料

A.春捲皮：有大張、小張的不同；大張才是做這種潤餅型的春捲皮，小張是做加里餃等。

B.春捲餡

B1.蛋皮

B2.紅蘿蔔切絲

B3.高麗菜切絲

B4.豆芽菜

B5.絞肉，或雞絲

□做內餡的步驟

1.蛋皮：

・蛋皮要煎得不會冒泡，最主要是在鍋底的火要溫溫小小的。

這樣是多花點時間，但蛋皮就是要這樣才會平。

・平底鍋、不沾鍋對煎蛋皮可說易如反掌。

放一點點油，鍋底的溫度會把蛋汁烘得暖暖黃黃。切起蛋皮，有如在黃金穗田上犁溝。整個蛋皮切起來，放在盤裡，真有如一條條黃色雨絲。

‧如果是用圓底鍋煎蛋皮，這就需要點耐心來克服工具上的障礙。圓底鍋受熱不勻，煎出來的蛋皮厚度是比較難控制。

2.紅蘿蔔、高麗菜切絲。配合蛋皮絲；黃、紅、綠，三個基本原色原味底子就都到齊了。熱油鍋，把肉末炒熟。把紅蘿蔔、高麗菜放進去一起炒，最後放豆芽。豆芽一下子就熟。

□**包春捲的步驟**

1.從冰箱冷凍室把春捲開封撤走塑膠袋後，一定要記得在春捲皮上蓋一層微濕的薄巾。布太溼，水珠會把第一張春捲皮蓋得溼溼爛爛，宛如長了爛瘡。布太乾，又無法讓春捲皮保持一定的濕度。讓布有點潤濕即可。

春捲最害怕的是破皮，春捲皮不像人體皮膚有自我癒合能力，皮破了，所有的「餡料內臟」都會跑出來。

2.當那一盤紅紅綠綠的餡料炒好後，要想辦法把炒料炒出來的水擠出去。

3.放餡料時，先在基底放蛋皮。讓蛋皮絲形成隔絕作用，免得帶水份的餡料浸濕了春捲皮，皮濕會容易破。

4.在包折餡料時，用手指去體會春捲皮彈性與餡料形體的關係。春捲皮是麵粉做的，有高筋的彈筋效果。在「包裹」

餡料時，可以利用春捲皮的彈性韌度，與我們的手指感覺，拉扯折疊出有感有形的春捲。

5.用點麵粉加水調出「漿糊」，用以黏合封口。

□**吃春捲的時機**

1.春捲包好時，沒炸沒煎地吃，算是在吃潤餅。

2.如果兩三天之內吃，放冷藏室就可以。久點，要放冷凍室。

□**煎春捲破皮經驗說**

1.冰凍過的春捲，下鍋之前千萬不能解凍。否則皮會破。

2.爲什麼很多用麵粉皮包起來的東西，例如水餃、春捲等，會特別強調不用解凍，就直接下鍋煎炸呢？

最主要是：凍過的東西，會有冰結在上頭。解凍後，冰變成水，如果這時放到火上頭煎，這些斑斑水份，滲進麵粉薄皮，對水餃或春捲的「皮」都帶有極高的殺傷穿透力。水氣穿進春捲皮，鍋上熱火又大，一翻動它，春捲會破得更快。

3.如果不解凍直接下鍋煎春捲，冰就被鍋中熱氣蒸發出去，破皮的威脅就大大降低。

□**煎春捲的步驟**

1.熱鍋，熱油，放春捲。貼合面那一側先煎，讓封口先被熱油「縫」上。

2.以牧羊人的心情，看顧油田上一個個吃油的春捲變色成熟。

3.煎好的春捲身上，還帶著一身渾渾的油在上頭。可以裹上廚房用的粗紋衛生紙輕拍，讓春捲表面的油量降低。

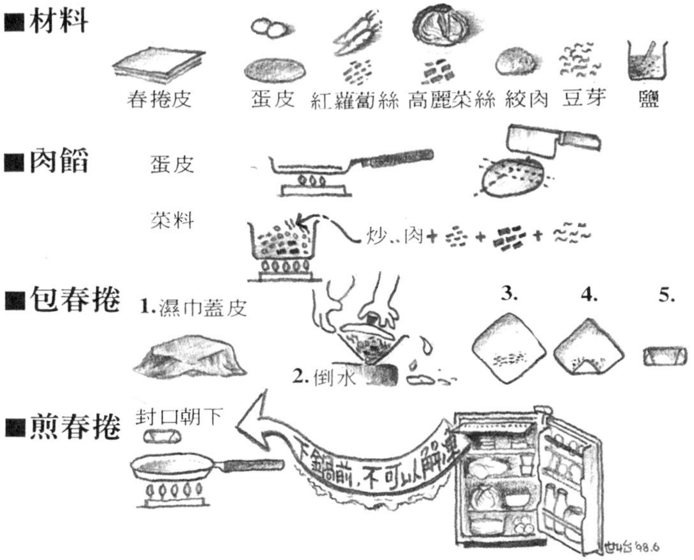

在比利時這個中古大學小鎮裡，從台灣來的黑眼珠黃皮膚，共有四十多人，是個很小的圈子。大半的人都是度個幾年，就要搬家離去。人來人往，像齣紅樓夢，圍牆裡演給自己看的戲。

那年建築所台灣來的特多，老老小小就又七個。同研究所的Ｓ君，把老婆與兩個男孩都帶過來。兩個十歲上下的男孩，沒半年就很輕鬆地把文法一堆的荷文說得很順，Ｓ君的老婆也不寂寞地上法文課、搜集購物情報、教人做菜、請客。難怪在圖書館奮鬥的Ｓ君歎道：出國後，女人與小孩過得特別忙碌快樂，男人的壓力變大，戰場變小，過得倒好像一無是處。

在他家飯桌上，他對我們吐出個酸溜溜的結論：他這一家之主，把一家人帶來這兒生活，倒是他自己過得最不快樂，適應得最困難。她太太在廚房，轉頭對在客廳的我們笑。

小孩只要有玩伴玩，在哪兒都可以快樂。女人，大部份的女人，只要買菜、做菜與串門子的活動有個底了，生活節奏其實就是從洗菜、切菜、生火、煮菜、吃飯、洗碗當中，隨勢做調整轉調。

S君老婆出生在眷村，她的熱心待人有種「以守望相助爲己志」的味道。她從不施粉，歐陸乾扁扁的空氣把她的臉抓出好幾條深溝皺紋，她順勢加個駝背讓自己更加老態龍鍾。有次，我們幾個人一起打乒乓，她側過身去隨便發了個球，半自嘲半炫耀地說：「我以前還是大學乒乓球校隊哩。」我建議她說，那以後我們可以多練球，她瞇眼說：「不行囉，事情這麼多。」

她的事情好像還眞不少，兩個發育中的大男孩，壯得像形影不離的一對大狼狗，一來我們家，對什麼都有興趣，東摸摸、西碰碰。他們踢足球踢到一身爛泥漿裏上衣服，也是由萬能媽媽處理。

她的忙碌是環繞著先生與小孩在織串，她好像是活著等拿到「模範母親」的匾額。

模範母親不一定是模範女性，很多典範型的女性可能不具有母親的身份，甚至還可能是頂糟糕的妻子、或是失職的母親。但她對相夫教子的喜愛與投入，幾乎是到了夙夜匪懈的地步。

家事、國事、天下事，她都關心。相夫教子之外，她對反攻大陸的看法也不會因暫居海外而稍減。她父親是軍人，因爲炮火被打到台灣，隱隱約約中，她也把她父親的人生希望與職業目標融入她的生活裡。

在一次遊覽車唱歌活動中，她唱的是「滿江紅」。還沒把大家激發到同仇敵愾的地步，但最後那段危險的高音實在太難唱上去了，卻把車廂內一張張臉，聽得懂中文的、聽不懂中文的，都唱到皺眉不知如何是好。

對於大陸人士要留在歐洲的，她會很熱心地爲大陸同胞找適當管道學外語，或送些杯子碗盤給他們，這些都是剛到時最迫切需要的日常用品。但是對於台灣人想利用留學兼進行移民、投資、置產的，她則給予最絕對的唾棄。

爲什麼她會有兩套標準呢？對大陸同胞而言，人家留歐洲是逃離鐵幕，投奔自由。對台灣人而言，我們的物質夠好了，不能再貪圖享受，尚未光復河山之前，怎可放棄歷史交給我們的責任呢？如果大家都從反共堡壘到風景如畫的歐洲國家移民，戰爭一起，還有誰去打共產黨？對於離開台灣，想要移民定居國外的人，她始終抱持著一種「他們打算放棄當中國人」的忿恨，加以譴責。

築起一道籬笆，說「這是我家」。築起一道空心磚，在門口寫上「XX新村」，說「這是我們的社區」。築起一道高牆，說「這是我們的國家」。她對進攻沒什麼興趣，但是只要有人替她畫上一道牆線，她會用盡全力張翅保護。

而好食物永遠是她在異國照顧家人、照顧族人好友最主要的工具。

但奇怪的是，在她家做客，好像是時光倒流：每個人都變成她要照顧的小孩，吃飯間夾了很多客套話，到她家做客就好像到了不能隨便放肆的長輩家裡……那些客套話不是虛偽話，只不過，到了她的餐桌，每個人都會被她渲染到一種桌宴情結：害怕冷場尷尬。

剛來的半年裡，我也向她學了水餃、春捲重要絕活。身體力行之後，慢慢改良變化。廚房變成我生活中的舞台之一。過了很久，課業忙，也怕去她家吃飯，就少去打擾。再去拜訪她家時，我帶了春捲過去。

她開門，笑笑歡迎我，外加客套話：「好久都沒來玩了。」我也笑笑，把包好的春捲送到她手上。她說：「等一下要檢驗成果了。看妳有沒有學起來呦。」我心裡先是訝異，慢慢轉成恍然大悟，原來我那莫名其妙的怕，是一種她扮演婆婆，我扮演媳婦的對手情緒，演著演著，還越演越像。

在她家裡的客套空氣中，我想告訴她的：謝謝她把做水餃的經驗與我分享、我沒放她常用的花生粉、我討厭花生粉、偶爾我還把咖哩料放進春捲做點實驗……但都沒講。她的檢查尺度已很清楚，剩下就是彼此空空的客套在撐場。吃的不好講，政治不好講，越是怕對話會生衝突，兩人的客套是愈磨愈乾。

算起來，我們各自回到台灣後，也是五年沒見了。半年前，在台北街頭看到有個婦人長得很像她。當時，我第一個反應竟是，「裝做沒看到，否則又要擺客套」。再看第二眼，才發現不是她。但對於自己剛才不想再見到她的「惡意」，也有點臉紅。

當年，她那十歲的高大兒子，稚氣地說：「我想趕快長大，趕快擺脫我媽媽的控制。」對於這樣一位熱心腸的婦女，她曾在外地把我當族人照顧，但我竟……

我還是怕再見到她，她的左手拿著「母儀天下」，右手拿著「還我河山」，兩口大匾額蓋住了她的臉。我記起她的，常是這些如影隨形般的刺青精神。

【輯二】

飢餓的誘惑

肥膩膩的青春滋味

孤獨的女孩抱著一包餅乾，吃下無助。餅乾盒空了，但養份並沒有跑到還在喊餓的地方，有自尊的器官根本就拒收這種垃圾做出來的無能熱量。

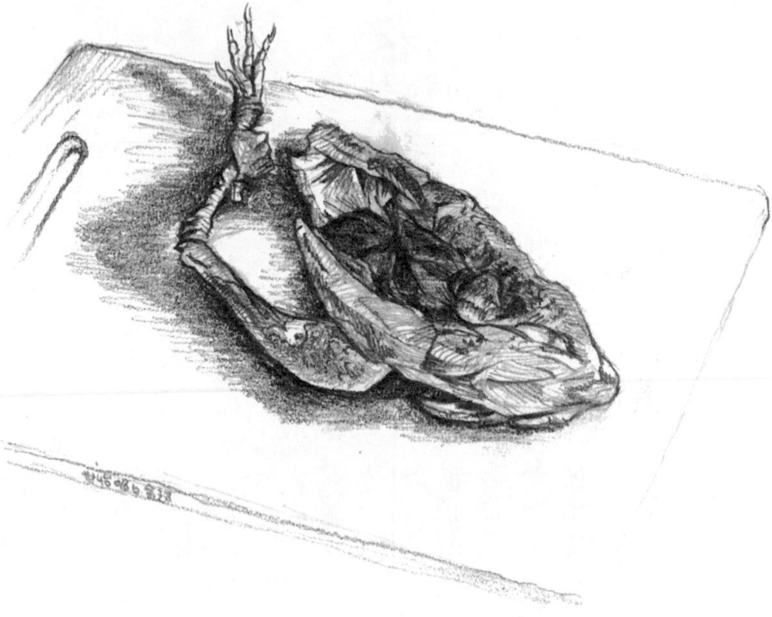

唸女校高中時，有個心理健康之類的問卷，問些有沒有壓力，知不知道自己人生目標之類的事。其中有一題是：「你對自己的外型滿不滿意？你覺得自己是太肥了，有點胖，很滿意現狀，還是覺得有點太瘦，或認為自己瘦得過份了？」

過幾天，女導師捧著這疊問卷，站在講台，對我們講話：「從這次問卷中，大家最大的願望都是希望考上好大學，當大學生。這個壓力我可以理解。但我不知道，爲什麼有百分之八十的同學認爲自己太胖了。」這時班上過半的西瓜皮都把頭垂下來，慚愧自己的秘密被發現，也有人低頭偷偷笑，「原來和我一樣想節食的還這麼多啊」。

老師用慎重的微笑眼光掃過全班後，繼續訓話：「我覺得我們同學中並沒有人是眞的太胖，大家都長得很正常，怎麼會有這麼多同學想節食呢？妳們還在發育年齡，要有好體力唸書準備考試，各種營養要均衡，不能這麼早就節食。」

我們需要考試，因爲重重的分數可以幫我們撞進聯考的大門。在唸書考試之餘，我們可以美麗嗎？可以，但絕不能美麗到吸引一堆異性寫情書讓你心慌意亂。

考卷裡看不到你是不是太胖，考卷裡看不出你是不是不快樂。在考試長跑裡，肥胖不是問題，道德不是問題，快樂不是問題，自己的興趣不是問題，只有分數是問題，分數是前途。

我們愛自己嗎？我們瞭解自己嗎？我們愛自己的身體嗎？如果有哪個同學敢提出這問題，老師一定請她先去愛讀書，把書讀好了，才能談其它。

我們心中有個簡單的瘦身人生藍圖：「只要考上聯考，我就可以做我愛做的事。搬出去住之後，我要怎麼節食，也沒人管。我可以把飯錢省下來，既可以節食，還可以買東西。只要瘦下來，我一定會比現在好看，我的初戀故事就要從瘦下來的那一天開始……」

報紙上所能找到的青春偶像，都是手細腳長的。他們叛逆得靈活有勁，但爲什麼年紀輕輕的心那麼反叛了，我看來還是「大胖獃」一個？胖了看起來就獃，獃了就不靈活，不靈活的人看起來會像大冬瓜……不能理解的是，身體的每寸肥肉就是不走，我要瘦，爲什麼我無法瘦下來？我想要考高分，爲什麼每一題我都不會？

青春的第一課，就在發現現實與想像的差距是那麼難追上。

我們也不知道從哪裡學來的虛僞，每天課後吃便當時，交換著雞毛蒜皮的誇大無力感：「唉，昨晚我看了一夜的電視，連書包都沒打開！」「我才糟哩，昨天回到家就好想睡，還沒吃晚飯就開始睡，今天下午的物理考試一定會完蛋掉了！」

也不知是被逼還是自願，我們在忍不住跳跳鬧鬧的嫩芽青春裡，已學會打一場「爲了生存必須做，卻又說不清」的青澀稀泥戰。

競爭的過程中，我們不去比較誰從黃金屋裡得到樂趣，只求在排行榜中，別人吊在我們後面。競爭的對象是同班的同學，不是自己。只要大家都考不好，我的爛分數就沒那麼明顯。要考的試那麼多，要啃的書那麼多，正值初生之犢的我們每天被書包壓得已知道什麼是無力感。國文課本中唐詩婉約的動人迷朦，數學習題中幾何函數的收斂規律，英文發音中的噥噥音律，都只換到一個原因與結果，

「這題會不會考？」

胡適先生秀逸的九個字「要怎麼收穫，就怎麼栽」，被負責布置教室的文藝股長放大貼在教室牆壁當成座右銘，我們也當眞把自己當成一條胖蘿蔔「栽」進書堆裡。

我們想收穫什麼？知識的種子難道全死光了？讀書當眞一點樂趣也沒有？如果有人想把他自己整理字典玩英文詞類變化的筆記本拿出來，和同學分享學英文的快樂，能得到的回應大抵是酸酸的「那麼用功做什麼？想考第一名啊？」如果他還想進一步解釋「考試不一定會考我愛讀的這部份，但我眞的很喜歡唸英文。我爲了自己的興趣讀書……」這種個人性讀書火燄不是抵不過四周同學的忌妒，就是被考試大火呑下去。

嚴格說起來，也不能把那種「書都沒唸完」的抱怨當作撒謊。考試實在太厲害了，永遠會考到你不會的，或是書裡沒教到的。考試不是要讓我們唸一點書就得意滿足，它是要我們懂得對分數卑微。唸一遍，不夠，再背一遍。在最後的聯考決戰之前，又有誰敢快快樂樂地說「我愛唸書」？成績不夠好的孩子哪有勇氣去愛那個一直打擊他的考試機器？

至於美麗，我們愛美嗎？這個問題與「愛讀書嗎」一樣難回答。我們生來本也是愛讀書，只不過書變成會咬人的分數之後，事情就變得有點尷尬。而正像春花綻放的我們當然也希望自己美麗。瘦的不一定美麗，但我們都知道，胖的，到頭來都只是一個胖子。

胖並沒什麼罪，智商低一點，考試不會轉彎，這些並沒有不好，但壞就壞在「胖」與「不會考試」是會被人笑的。雖然老師說，考試成功要比減肥成功重要，但是，每天在學校獵取分數，我們根本沒有時間陪自己的身體跑、跳、動。早餐吃進去後，就是早修；午飯便當下肚後，就是午覺上課；晚餐之後，又是補習唸書。我們的身體與椅子、眼鏡黏在一起，用不完的精力與用不完的養份和進鉛字裡，黏黏搭搭地，怎麼動、怎麼捧書讀，自己的肉卻多得不知從何用起，而要背的課本也重得沒有卸下的一天……

要在這樣的青春發育期發胖，已不是難事，天使臉龐下面接的是一粒粒灌水灌油的氣球。但問題並不在空虛太多、油脂太多，更麻煩的是，空虛與油份根本沒有出路可以去。

心裡的空虛與焦慮吸引了更多甜辣酸脆的少女零食進嘴。而這些東西，不是眞的解「飢」，只是在解「饞」。那我們爲什麼不餓呢？其實我們只需乖乖坐在椅上，大腦也不必從事發掘問題、思考、辯論的大動作，低頭把書裡的字寫幾遍好記下來，多演練幾道題，這幾乎就是「讀書」的「操作型定義」。心靈的飢餓被抽根，身體的移動活動被縮窄，我們已無從「餓」起。

我們的「饞」來自「貪吃」，而除了貪吃，我們還可以把「貪」的心分到哪兒？貪戀求眞知嗎？小心！學校裡玩的可不是這套，如果眞的迷上眞理的思辯，學校的老師與校規是不愛這樣的麻煩。大人世界裡已夠吵吵鬧鬧了，他們希望我們好好吃飽，好好長大，未來做個安靜的國家棟樑。如果我們能像飼料雞一樣馴服，除了貪吃，什麼都不貪，那是把青春解決掉最好的方式。

貪戰火熱的思辯、貪迷逼理的思考、貪愛刻骨的藝術、貪戀遊山玩水，這些「貪」都有風險。比較起來，少女的貪吃是多麼無傷大雅又可愛。如果能讓貪吃的筋，蓋住其它徬徨不安的「貪」，如果能讓撐大的胃部器官，蓋住叛逆的腦袋與蠢蠢發芽的性器官，貪吃反而不是問題，倒是可以麻痺掉其它各種「發育中的貪」。

慌張的女孩置身在被綁架的青春，課本裡夾著報紙剪下的明星照片，天天看，多希望自己也會有瘦到那樣的一天。但當大腦餓到不醒人事時，我們也只有焦慮地一直嘁嘁磋磋地吃，讓噎滿的口腔，把夢想中的瘦與現實中的胖全部壓住。

沒有好東西去餵餓苦的大腦，沒有勇氣去替餓空的心腔找補給，我們只敢塡塞根本不餓的胃。「吃」無法解千愁，「吃」也無法排掉徬徨，我們總誤以爲自己有餵到一個器官了。

孤獨的女孩抱著一包餅乾，吃下無助，餅乾盒空了，但養份並沒有跑到還在喊餓的地方，有自尊的器官根本就拒收這種垃圾做出來的無能熱量。

一天過一天，當反叛慢慢蒸發，當雙眸不再好奇，當勇氣全被放空，當探索全被堵死，一場青春就退化到只剩動物性的胃在磨蹭了。

從謫仙到躁鬱症

誰，誰，誰，是誰？我，我，我，是我？黃鬼翻騰，紅雲捲天，天地已起風變色，再追問「我是誰」，只有更急、更躁、更苦。

1. 梵國才子／台南

沒有人會懷疑他的智商一定超過一百四。我也不明白像他這麼聰明、看過這麼多書、知道這麼多事的人，怎麼會與我們這種正常的笨蛋，一起考進鳳凰城大學裡這個不太用得到才氣的系。

他的身高有仙風道骨的規模，骨頭沒幾片肉，小小的腦袋上掛著黑框眼鏡，舉手投足的身段就好像從五四年代老照片裡走出來。背著建中的書包、穿著建中制服，他上一階段的優秀血統是拿得出來也看得到的。

在古典音樂社團裡，他是開講級的活佛級人物。從巴哈到屈原，從莫扎特到李白，從佛經到葛利果聖歌……他像京城來的活字典，又像從雲端來的先知，總是知道很多我們不知道的人名，也可以講出很多會轉彎會飛的道理。對於我這後山唸高中過來的人而言，他簡直像京城世界裡，被經典、音樂、繪畫、佛經一路餵大的天縱驕子。

我們大一那年，台灣藝文界吹起一陣大風：傅聰來台灣彈鋼琴。一天他忿忿地拿著報紙說：「我上個月才剛說過『莫扎特像李白，貝多芬像杜甫』這句話，你看，傅聰也不知從哪兒抄來我才講過的話！」

不論莫扎特與李白有什麼關係，講得出這種評論的人，通常也是對唐詩與古典音樂都吃到味，才講得出這種話。是傅聰說了這話也罷，是這位十九歲才子先說了這話也罷，在他埋怨傅聰的同時，他讓我們覺得他離傅聰、李白、莫扎特這些人好近，近乎平起平坐了。

我們都一樣是十八九歲的同班同學，但早熟聰穎的他已展翅飛到我們想都沒想到的心靈雲端。他是博學、聰慧、飛翔的仙鳥，我們是地上爬的禽類。看到他自在、自負地滔滔不絕，自卑的人會崇拜他，而大部份同學也把他當成有點古怪、有點好玩的臭屁天才。

他實在多才多藝。大二那年，都市設計的歐巴桑老師在快下課前說：「嘿，你們班上的L同學得到這屆鳳凰文學獎的小說類第一名。」我們轉頭回看坐在最後一排的他，他靦腆地把眼一眨，拉出一條不好意思又自負的嘴線。我們都懂他的眼神——「啊，沒什麼啦，得個鳳凰文學獎就跟吃飯一樣容易。你們這些不看小說，不寫小說的人實在不用這麼大驚小怪。」

或許因爲建中校風與長在台北都會的影響，系上迎新送舊時總有他驚人的作品。像寫劇本演話劇、用床單做戲服、找稀奇古怪音樂當配樂，他是我們這個小系裡頭公認的編導藏鏡人、滄滄書海小怪傑。

至於他在佛學上的修行，我們宛如霧裡觀花，只知道他的道行高到當上佛學社社長，讀了好多佛書。有時他好幾天沒來上課，他同樓室友會幫他打點「閉關」時期的俗務，像拿講義、繳報告等等。當他出現時，有時會口若懸河地把金庸筆下的楊過、張無忌比擬爲誰誰誰，我們每個人的性格被他說得活靈活現，大夥也任他眞眞假假、半瘋半仙地在嘴上替大家寫劇本。有時，他一「出關」，又是宣告「任督二脈」已打通，又是用手指揉脊椎，吐出一口氣，說點通了哪個穴道。因爲金庸小說裡都有寫到這些，我只有暗自忖思，他眞是修道修到連器官都有奇氣可通。

2. 入伍入世／台中

四年轉眼過，班上男生只有一人考上預官，包括才子L的一票人馬，全數入伍去當兵。我晃了半年，因著以前爬山的興趣，也幸運到個國家公園管理處當個有詮敍資格的技士公務員。有一天，我在南投濁水溪旁的辦公室很意外接到他的電話，他在台中當兵。幾週後，我打電話告訴他，隔天我會趁到台中辦事，搭公車去看他。

那是個有灌木花園圍起來的斜屋頂老式辦公室，四扇方窗外紅花搖、蝴蝶飛、青草翠，眞是個不多見的花園，也只有舊時代的老房子才有這樣的花園。或許這是做文職的後勤單位，除了門口有軍裝人員之外，圍牆裡就像個老公家單位。我走進辦公室裡，L還是高高瘦瘦，很好認。或許是軍糧餵得他沒法閉關斷食，他比大學時代多了一點虛肉。很明顯地，也少了在鳳凰花象牙塔裡的傲然仙氣。

室內有六七張桌子，L把我介紹給其中一位二十多歲打扮有點時髦的辦公室小姐。她沒忙什麼，也沒站起身，就坐在椅上對我笑一下，接著朝L望過去，L有點不安起來……

在我的印象中，L是一肚子才華，通佛理，貫古今。當他滔滔不絕時，就像匹靈思四濺的飛絹銀瀑；當他不開口時，那種眼珠子的隱性動能又像在醞釀下一場「語不驚人死不休」的發炮。四年大學的時光中，不論是考試被當，或出了任何狀況，他總有嘲諷人世、調侃自己的本領。大學時代的他給我們一種，他可任性掌控自己入世、出世各種命運的瀟脫印象。但才一年半沒見，這樣一位稟賦出眾的校園才子好像全沒過去「笑傲江湖」的自信眼神。對於我的到訪，我一下子就感覺到他期待的焦慮、與莫名其妙壓力的陰影。

他引我走出那個辦公室，故意裝做很輕鬆地問我，公務員生活好不好過等等，然後他很快把話題帶到上次電話中，他向我問到我的業務中有些是要處理折頁印刷品。他含含混混、扭捏地說，剛才那位小姐的叔叔就是做印刷的，現在那位印刷廠老闆等在圍牆外面，一切我要多幫忙了……

我那時才從學校畢業一年，還不知道他要我「幫忙」的意思，也來不及反應過來告訴他，他誤會了也多事了。整個故事就在，L誇大誤傳我的權責的情況下，在我與那位小姐印刷廠叔叔見面時很尷尬地結束了。

回想起來，也難怪那位L辦公室的女同事在見了我之後，丟給L一個「哦，看你有什麼本領」的冷笑。L希望的或許是，他可以「幫」我在台中找到印刷廠，而他也順便「幫」他同事的叔叔介紹到一個生意。

爲什麼他要這麼熱衷拉條不存在的生意？他原是笑傲塵世、飽讀奇書的經典級才子，這樣攀關係又捅出個尷尬烏龍的行徑實在不像我過去認識的他。是軍伍讓他體會到權力比才氣重要？是他急於在辦公室小世界裡建立他的威望，證明自己一向都是人上人，所以他對我寄以不實際的期望？

那天在辦公廳外，他心神不定地對我說「多幫忙」，那種閃閃爍爍的焦慮卻像把我當成救生浮板般的期盼。他本是象牙塔裡入世得意、出世快意的楚狂人，不忮不求，獨行天涯。但從前的自信文氣似乎就像簾子般，刷一聲全捲走了。罩在他身上的已是一層浮來浮去、時而黑時而灰的風中黯雲。

3. 鬱海躁心／台北

再聽到他的消息，是一年後。從他好友C口中得知：他得了躁鬱症。

當完兵後，他回大學校園一趟，到他昔日領導的佛學社給學弟妹們一個演講。病就在這時發作：他不停地說話，亢奮地說話，無法停止地拼命說話。他姑姑從台北趕下南部要帶他坐火車，他死命在火車門外大聲抵抗，最後還要鐵路警察幫忙才得以把他抬進火車。

C很小心地告訴我，明天L會來研究室找他，如果我也在場，希望我能避免刺激到他。那年，我與C是考進T大這研究所的兩個名額。我知道C的意思是不要因爲我們目前碩士班研究生的身份，讓那位當年全系才子感到被瞧不起。

C向我多說了些L的近況，希望我第二天不要踩到他的痛處，畢竟他目前有病在身，有些心理上的傷口一扯到，或許又會造成情緒上的大血崩：L的父母在他當兵那時就移民出去，他母親是T大牙醫畢業的，現在在美國改賣甜甜圈，仍有一段移民路要走。因家人都不在台灣，所以他病發這段期間，都由他姑姑與他女友照顧。退伍後，他病情很不穩定，也一直找不到好工作，這陣子，到台北漢口街一家印佛書的地方工作，雖與他大學最拿手的佛學知識有點交集，但工作環境與收入畢竟談不上是個眞正可以讓他寄託的地方。

我心裡有點焦慮，不知要怎麼面對L。在我的記憶中，L還是一個特殊的夜明珠，不時產生讓人拍案叫絕的言語機鋒。但從C口中，L目前似乎是一個脆弱的地雷，會被周遭無心的火花引爆。

大三時，我曾對一份心理醫學雜誌《心靈》很有興趣，裡面講到躁鬱症、精神官能症等一些心理疾病病名與病徵，我看得津津有味，再三細讀。但就像「葉公好龍」的故事般，當眞正的現實從文字縫中走到眼前，當我的朋友得了書中的病，我卻慌得手足無措，寧可希望這些病情是聽聽就好的神話。

我問C，L是怎麼得到這個病，C答他也不清楚。這時我想起一句老話「天機不可洩露」，心中暗思，會不會是因爲L太聰明，大學時每次寫報告不是寫風水，就是大談飛天下地的玄密道理，或許他太急於知道老天世界的秘密，結果被天妒到了。我知道，這種「做錯事，所以得到生怪病懲罰」的想法有點「迷信」，照西方精神醫學比較科學的理論，躁鬱症可能是童年經驗的回撲，或是生活壓力的扭拉，或是社會適應產生問題，或是遺傳基因上的原因。單以「瘋狂是對天才的懲罰」、「因爲『有罪』所以『有病』」來臆測L心理疾病的原因，這已有點像用巫術在「審判」L的精神疾病了。

我心中是有不完整的推測性病因圖畫，但若眞說出口，可能會被誤解爲對病患L的落井下石，「活該，誰叫你生得那麼有才氣」。關心之餘，我開始焦慮，也有點害怕起來。怕什麼呢？怕躁鬱症？怕得病的L？還是心中「不知道這是什麼怪病」的問號，慢慢渲染成一個黑黑的無底害怕？

在我們眼中，L曾是瘋狂的天才，在他的好家世與天份下，我們一直把他當高空的彗星般看待。他常愛裝瘋賣傻，在班上演出醒世的生活寓言，我們不付門票，坐享他揉合魔幻、科幻、詩韻、佛理的生活演出。或許是象牙塔還小，他的瘋言瘋語在當時還蠻可愛，但一進入社會後，人與人之間的座位重新排過，他的「地位」一下子從雲端摔下，這滋味可能是他無法馬上消化，也無法接受的。

記得大學設計課做海報設計作業，L用很「蒙太奇」的手法拼貼出一個畫面，標題從左邊唸是「誰是我」，從右邊讀是「我是誰」。當他把作品亮出來時，全班嘩然，他那對單眼皮黑眼珠的雙眼，很俏皮地對四周轉一圈……我不知道是否如他的設計作品標題般，L常在問「我是誰，誰是我」。入伍退伍時，當他發現「我」已不讓他驕傲，「我」是個兵籍號碼，「我」是個收入數字，焦慮的鬧世火海讓他慌得追不到「誰是我」，他只有在「誰」與「我」中間的大網裡迷路。

誰，誰，誰，是誰?我，我，我，是我?黃鬼翻騰，紅雲捲天，天地起風變色，再追問「我是誰」，只有更急、更躁。他曾可縱游靈思天際，但仙鶴已被鴨族威權廢了武功，一對展不開舉不起的羽翅在風浪中空撲，滾滾淘淘的遙遙路像一條處處打死結的焦路，無處鬆苦魂。

4. 胖出二十公斤後的見面／研究室外

第二天，在研究室外看到L時，我幾乎不能相信自己的眼睛。他簡直像一個被吹脹的胖氣球般，連舉步都顯得吃力喘氣。過去皮包仙骨的那層乾皮，現在是撐得鼓鼓腫腫，仙風道骨的那縷形影已像陣輕風無影無蹤。

L與我很不自然地向對方笑一下。他說，他變胖了，重了二十幾公斤。過了幾秒，他看我還有點遲疑不敢開話頭，補了一句：「在醫院，胖得特別快。」話背後的意思也有點在安撫我，「是的，我得病了。病重到住院。妳應該從C那裡知道我的近況，所以我們就不用裝了……」

他的胖樣子有點不同於一般的胖子，或許是生病服用藥物產生的副作用，他的肉泛著肥毛毛蟲般青青的光澤。肉是白的，但白色下面躺的是淡青的底色。仔細說起來，這種「三層肉」是油蓋過肉，肥油多於瘦肉，脂肪多於蛋白質。那多出來的二十幾公斤肉看起來沒什麼彈性，也沒有血色，只是無力地黏在皮與骨中間。

一開始的幾分鐘，我還記得要謹慎，再來也不知怎麼對話，我也忘了到底是什麼話題，話講得很不投機，我與L都不高興起來。

第三天，C告訴我，L又已送進醫院了。

我心虛地問，這次病因是不是導源於和我講話。C說：「是啊。」過了一秒，C大概覺得太武斷，也怕我自責，體貼地笑笑改口說：「很難講啦。」

C沒說出口的責備意思我也懂：「妳這人怎麼講話這麼不小心，早告訴妳，他現在心理還很虛，妳到底用了什麼重話刺激到他啊？」

奇怪了，L脆弱，我也脆弱啊。記不得當時是不是L拿過去大學時期，我曾暗戀古典樂社一個男生的往事「先」刺激我，然後我便「防衛反擊」。記得比較清楚的是，他好像不太高興我這同班老同學考進T大碩士班，我的「位子」往上昇，他的「位子」往下降，也不知是誰先刺激到誰，幾句話下來，兩個人像小孩子一樣生氣起來。

C與我不算是L當年的「信衆」，但在大家的眼中，我們兩個算是L最風光時期在同性與異性中的代表性「聽衆」。如今，到「昔日阿蒙」地盤來，敏感多慮的他，潛意識裡或許要「先攻爲守」挫挫我，讓我無法攻擊他。哪知，觸到我自己不穩定的歷史傷口，我根本忘了他目前是一個被狂躁烈火燙傷，又被愁鬱冰海凍傷的病身子。

面對躁鬱症的病人，我應如何幫忙他？關心他，接納他，包容他，這道理我懂。我多希望這位「被許諾」的奇采天才能重回江湖呵，我知道他不是只有做一條肥毛毛蟲的能耐而已，他曾可以編劇、寫小說、講佛理、把國文教科書課本做全盤評論，他有基本的條件可以成爲一朶奇葩，我實在很不甘心他現在被二十多公斤病肉綁手綁心的模樣。但感覺上，並不是L背棄了自己，背叛了我們；倒像是老天爺狠狠地對L與我們，開了個天上、人間兩界的大玩笑。

5. 尾調

在我不小心「惹」L病發後的半年，C告訴我L要訂婚了，是與我們大學低一屆的學妹。那天，幾個被找來的大學同學，在新公園酸梅湯附近的館子裡圍了一桌吃頓中飯，之後到博物館階梯上拍照，就算是他們倆的訂婚。

那頓訂婚飯吃得很奇怪，雙方家長都沒來，倒有點像是一桌「同學會」。大概小費沒給足，離開時，餐廳五六個人已等在門旁，用很潑辣的話大聲罵給這對新人聽：「哪有人是這樣訂婚的，沒錢就不要來吃飯。」「父母都沒來，該不會是私奔吧？」從餐館走去新公園照像的這段路上，L的未婚妻踩著新高跟鞋緊緊貼著他，恩愛得好像怕L就要倒下來。

相較起訂婚，他們的結婚場面熱鬧很多。三個月後，在桃園縣台一線旁的新娘家，客廳、路旁共擺了十幾桌，縱貫公路不時撲來轟轟車輪聲與陣陣灰塵。遠從美國趕回來的L的父母，靜靜地坐在主桌，雖然他們都禮貌地未露任何不悅之色，但Ｌ母親淡雅的衣著與坐姿就像一朵雲中奇花，讓我想起校園時代的Ｌ。

喝得半醉的新娘父親拿個酒瓶與杯子四處敬酒，他高興地對鄰居親友抱怨：「女兒結婚後就要和新郎去美國了，留不住啦。」整頓囍酒吃下來，Ｌ一直是緊緊地坐在他素雅母親，與塗滿七彩化妝品的新娘中間。

研究所畢業那年，我寄我的囍帖過去給他們。Ｌ氣色好很多，他的妻子也從她工作的陶藝廠中，燒一對題詩的甕送給我當新婚禮物。我問Ｌ最近好不好，他嘆口氣說：「還在找工作。每次從台北回桃園家，我岳父就諷刺我，『耐耶哈寒慢』。」

再來，他眞的與太太一起到美國去。不知是幫父母賣甜甜圈，還是改學電腦好找工作，總之是到美國了。有過李白「欲上青天攬明月」謫仙般的豪采，度過杜甫筆下「風急天高猿嘯哀」的躁鬱病期，他的奇羽仙翼好像被陣無名陰風破功了。是他當年沒讀通眞經？是他無法調整自己、看不破俗世權力關係？是他自己沒有毅力，潛不下心來讓尊嚴開花生根？還是社會容不下這樣的異類？……是他過去命傲得吃不下別人對他的瞧不起，還是在他還沒能綻出花朵之前，社會工廠就灌下符水，讓他安靜下來？

他還挑戰「我是誰」、「誰是我」嗎？我希望他健康快樂，但我又多不甘他的瘋狂是這樣的故事。

無法徹底的厭食

有時她會買來一個精緻的小蛋糕放在碟子裡，細細啜起咖啡。從那儀式般的身影中，我可以感受到她在喝一種圖片氣氛。

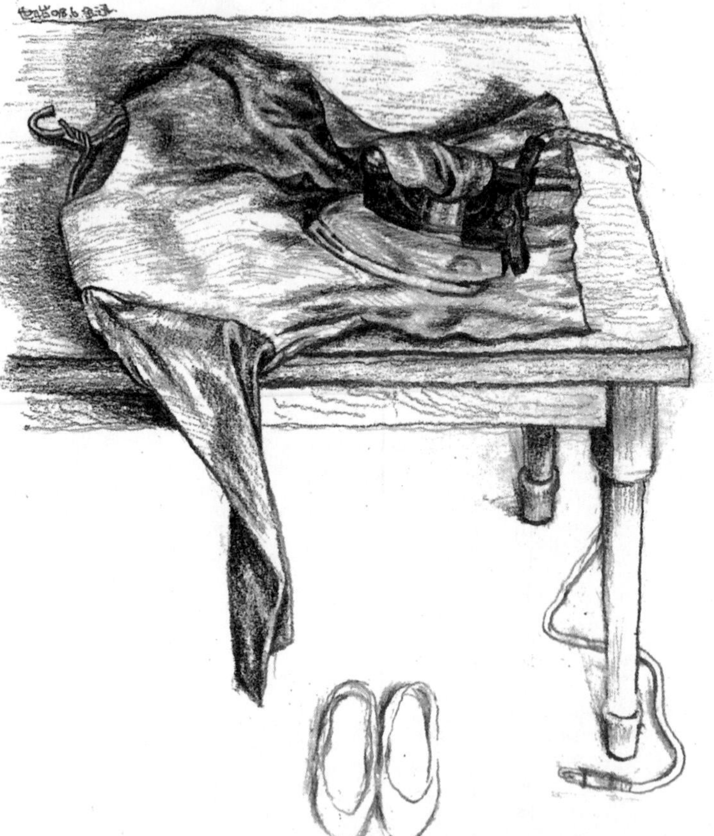

住女八研究生宿舍時，有個室友看到我桌上擺著美國老歌手木匠兄妹的錄音帶，她充滿感情地拿起盒子，看著封面照片說：「呦，是卡本特，這個妹妹最後死了，得了厭食症。她什麼都吃不下，最後就死了。」

在她起起伏伏的音調情緒裡，「厭食症」是一個可望而不可及的目標。那種渺崇拜，好像她已期待這個目標好久好深了。當這幾個字，「她什麼都吃不下」，從她嘴中說出時，我可以感受到，其實她是希望自己說溜嘴，把這句話說成「我得了厭食症，什麼都吃不下」。就像小學生被罰寫一百遍「我要做好小孩」的事情一樣，寫了不一定做到，寫的也不一定是事實，但寫到了，我們也當眞以爲自己是要做個乖小孩。「她什麼都吃不下」的句子感情裡，嘴頭、心上期盼的都是，「我」就是那個「她」，什麼都吃不下的「她」。

她想瘦，不計任何代價。但是她還不想死。太早死，雖然有點悲劇美，但死掉了，就穿不到漂亮衣服，想來還是有點可惜。爲了成功出頭，她能付出任何代價，什麼辛苦折磨，她也願意努力承受，不過用「死」換「瘦」，還是不划算。她也知道，爲了瘦下來，不能吃太多東西，但要用全身力量去恨食物，從彎腸底端反衝通過食道恨到咽喉，每一分、每一秒、每一天都要恨，恨到一看了食物就想吐，這樣已幾乎是在扼殺食慾，近乎慢性自殺。好勝的她，贏不了「瘦」這件事，想了還是嘔。

二十七歲的她，雖還當研究生，但半隻腳已踏進社會。她的工作不是完全靠身材吃飯，但明的暗的怎麼說，「瘦下來」還是一樁很重要的事。那年，她在寫T大外文研究所的論文，爲了準備出國唸博士，趁白天到貿易公司當翻譯秘書，已是一位會賺錢、有生涯規劃的都會理財女子。平常，她不喜歡運動，身材不算頂胖，但容易屯積戰備脂肪的幾個部位，已經被厚厚的肉與脂肪淹蓋得看不清骨頭的痕跡。皮與骨頭之間是肉還是油？外人雖然無法清楚，但仍然可以確定，她的肉質應是屬於吃飼料的那種類型。

我們這間住四個研究生，我一個唸都市計畫，另兩個唸生化與化工，我們的腦筋都還沒轉到兼差賺錢，混在灰不拉搭的研究室與實驗室，如果穿得太漂亮不但突兀，也有點浪費。我的穿著被一個學弟批評像是洗衣歐巴桑，唸生化的那個也是天天一條牛仔褲，學化工的已經有男朋友，還會穿穿有蕾絲邊的長裙。一間宿舍的四個女人當中，就屬唸外文的她最有打扮看頭。身材不好，沒有關係，好布料、好剪裁一樣可以蓋住缺點，拉出有型的身材。她有幾件很襯頭的上班衣服，一穿上去，整個人看起來就是不能欺負。她的忙碌是一種從「沒有」要拚到「有」的台灣活力，有一種要從「平凡」走到「卓越」的箭似心情。

當她從外面回宿舍時，咕咕咕的低跟鞋踏在宿舍磨石子地上，聽起來有種「認眞的女人在走路」的效果。爲了讓好衣料可以保持乾淨挺亮，她一回來，馬上換件灰灰舊舊的運動衣，然後小心翼翼把剛剛穿的外出衣服用衣架吊起來。

她換裝的前後改變，就像一朵豔光照人的大牡丹被法術變成一隻沒了顏色的草花。一件燙挺的衣服可以把她包得那麼有型有味；但回來卸下好衣服後，那件她常穿的運動家居服，卻馬上把她全身罩得像隻被磨舊起毛的玩具熊。

女人善變，她的衣服更是說變就變。還好，她變的只有兩種味道：出門在外的鮮豔幹練，與在宿舍房間裡的鬆垮邋遢。我的書桌就在她後面，從沒看她穿漂亮衣服坐在桌前讀她的文學，倒是常看到她若有所思往面前的窗外想事情，要不就是認眞地燙衣服。

咚咚咚，她穿著低跟鞋提著皮包出門、進門。噗噗噗，她穿著拖鞋去洗衣、收衣服。她走路的聲音頂好認，很確定也很現實。靠著貿易公司的工作，她也算小有收入。一口歐洲細花骨瓷咖啡杯，加上一個酒精燈煮咖啡器，有時她也會買來一個精緻的小蛋糕放在碟子裡，細細啜起咖啡。從那儀式般的身影中，我可以感受到她在喝一種圖片氣氛。有個外文碩士學位在前面，每個月還有點收入，申請的美國博士班也來了幾個回音，快樂的單身貴族有聰明也有努力，站在問心無愧的成功中點上，讓英國瓷器與蛋糕咖啡向自己祝賀，未來滿是值得全力以赴的夢想，她忙得抽不出空進入厭食該有的情境。

忙碌的翻譯兼差工作與論文答辯都需要大量的體力，她可沒空讓自己憂鬱打結。如果到美國唸博士是發射火箭，她現在可是活在火箭升空倒數計時的雄雄紅火當中。有目標、有方法、有毅力，她一心要把自己的身體送到她心所想要去的地方。「來來來，來台大。去去去，去美國」的美夢已經走到一半，她的青春一直是追著成就在跑。忙啊忙，要打的仗這麼多，雖不滿意衣服下的橫漲肉體，但有了閒錢後，多買幾件迷死人的衣服，還是要比費心減肥練肉要來得簡單些，也暢快些。

有天，她對我與那個化工的室友說，她要搭飛機去高雄家幾天。在她興高采烈的口舌助瀾之下，我們兩個也只有「好啦好啦」地陪她去松山機場。時間還多，她提議我們到敦化北路上的龐德羅沙去坐坐。我們兩個點了有肉的主菜，還附贈可以一直吃的沙拉。她站在收銀台前，面色凝重地想了好久，只點沙拉。付了錢之後，她搞清只點沙拉並沒有比我們點了主菜還便宜，心裡好惱，便和結帳的女店員吵，指責對方沒解釋清楚。她氣沖沖拿了沙拉後，嘀咕著：「哪有人這樣算，如果我要 take advantage，等最後我就拿很多，給他浪費掉！」嘴裡這麼說，她馬上不好意思自己的惡心眼露出來了。那麼理性地點菜，還不會發胖的沙拉，結果並沒有占了便宜，心中眞不高興。把一張利嘴練到能戰能辯，她就是不肯吃虧。

畢業後，她選了家最划算的學校去拿博士。五六年後，她打電話來家裡，好奇又熱絡的語調一點沒變。她問我回來後在哪工作，也很技巧地帶出自己的近況：回來時是租了貨櫃搬家，在美國開慣的那部車子也運回來，現在就是開車去南部的大學教書。

一帆風順，功名成就，戰勝壓力，熱愛生活的她，其實是一點也不合厭食症標準病徵：沮喪、對自己的體型有偏見……。一九八幾年台灣報上雖已有很多詛咒肥胖、誓死消滅肥胖的瘦身廣告，但這個愛拼愛贏愛出頭的戰鬥環境畢竟不是厭食症的溫床。當年那聲「哦，……她得了厭食症」的尾音，只是一個女子的無端羨戀，羨慕別人的日子可以什麼都不用做，只要爲瘦犧牲。

得不到厭食症，她會難過嗎？用雙手去掙來成功，沒空厭食，這樣無法徹底的羨慕，未嘗不是喜劇。如果眞讓她什麼事都不用做，什麼都吃不下，只怕賺到一個死掉的瘦，卻要賠上更多。

從「奶粉金字塔」到「鳳梨罐頭」

瘦的想胖，胖的想瘦。病的想沒病，但也有沒病的想生病。錯亂的人世間，總不乏這樣的傻事：要，要，要，不管了，我就是要。

小時候，我一直很渴望生病。

大姊是爸媽的第一個孩子，可以想見，他們從懷她開始就很有責任感，結果是，父母的責任感也壓到胎兒的腸胃去。大姊生下來後，就有拉肚子的毛病。在餐桌上她偶爾可以得到肉類級的補品。二姊是早產兒，身體也需要照顧；大概是她的腎臟還沒長全，就被推到世界，所以我們小時候的餐桌上，二姊吃的東西就和我們不同，媽媽也特別爲她煮不放鹽的一盤菜。

食物上的差別待遇，不但從童年的餐桌上淡淡分出，甚至從我們還在吃奶時，就有照片證明，哪個孩子是用什麼牌子的奶粉餵大的。

那陣子，迷上攝影的父親用相機替我們記錄成長日記。每個小孩在兩歲時，都要坐在大籐椅上，畫面的前方地上堆起我們吃過的空奶粉罐。梯形的奶粉罐圖形後面，是我們的腦袋瓜與圓嘟嘟的身體，眞活似被奶粉金字塔拱上去的小活佛。

對於父母親而言，這樣的相片是記錄孩子的成長，而這樣在孩子身前排滿奶粉罐的構圖，則是在顯現他們的驕傲：辛苦工作，買了這麼多奶粉，把孩子都餵得這麼健康。還有什麼能比這耕耘更滿足？每座金字塔是他們用血汗錢一罐一罐買來，金字塔上面的小生命是他們用奶粉、時間一匙一匙地餵出來的成果。奶粉罐吃到底了，他們要擔心下個月的薪水還夠再買幾罐？再打開一罐奶粉，他們心裡又暗暗盤算，孩子吃下這罐，可以再多長高多少？他們像是打造金字塔的奴工，扛來一顆顆石頭般的奶粉罐，只虔心希望小生命長大，再長高。他們爲嗷嗷待哺的孩子付出這麼多，半夜泡奶粉的辛苦他們都咬牙撐過。孩子吃下養份，他們吃下苦。他們只希望，照片上吃空的奶粉罐上，能留下這段爲人父、爲人母滿滿的回憶。

拉拔每個小孩的工作就像是在蓋金字塔，有希望、有藍圖、有夢想，更有辛苦。餵進一匙匙奶粉在胃底，金字塔也站在磊磊基石上一天天往上長高。

這三張奶粉罐金字塔是爸媽的得意作品。但是，很滑稽也很寫實的是，大姊吃的奶粉是當時最貴最好的進口牌子，二姊的奶粉品牌次一級，到了我的時候，證據如山，我是用最便宜的國產奶粉餵出來的。誰說生命無價？光溜溜的小嬰兒要吃奶，奶粉有貴的、有便宜的，吃下什麼價格的奶粉，就表示這孩子吃下多少銀子。

三張照片裡擺的是三種牌子的奶粉，每個金字塔身價也不同。大家在看這些照片時，總避免去提到養小孩有多難養，反正大家也知道，養孩子就是這麼回事。但大人們總是要嘻嘻哈哈地說，三個孩子一樣可愛，但最後那個實在太好養了，再差的奶粉還是長得最好！我也知道，因爲我不生病，太好養，所以他們理所當然就不用太爲我的奶粉品牌操心。

我是最便宜的那個金字塔，原因只是因爲我生下來時，沒有帶一身病。兩個姊姊都有病可以生，我沒有。這一點，一直讓我小小的腦袋覺得，生病是好事，如果有病在身，爸媽就會像對兩個姊姊一樣，多給我一點關心，我也可以吃到比較特殊的食物。

我們三個小孩，都只隔一歲，多少也有競爭的心理。她們生下來都帶點病過來，得到較好的待遇。而我沒有病，總暗暗覺得少了點什麼。生病有多痛苦，我才不管，我也不知道（那時，我健康得一塌糊塗，幾乎沒有機會去體會到生病的滋味）。我能知道的是，姊姊們有病，吃到好奶粉，而她們的生病可以換到關心。我那未解人事的邏輯暗自推論：生病是換到特權的一種方法，所以我要生病。

但是，童年的第一場人間事就已寫出了人世的矛盾：你越想要的，通常會越難得到。你所以想要，就因爲你還沒有；爲了要得到你想要的，所以你得從「沒有」的條件爭取到「有」，要努力。

但是對於當時只有五六歲的我，要生病簡直是比登天還難。媽媽從懷我的時候開始，就心情特好，胃口特好。根據父親的記憶，媽媽懷我兩個姊姊時，緊張害喜得什麼都吃不下。但到了我這一胎，媽媽對懷孕生小孩已駕輕就熟又毫無負擔，每餐胃口特佳自不在話下，還三不五時去散步運動。我的生命力在胚胎時期，就在「百無禁忌」的粗放環境裡一寸一寸地抽長。

這樣的消化能力把我塑造成會吃會長大的乖孩子，幾乎放什麼東西到我嘴裡，我的口水、胃液就會自動殺菌分解，再不起眼的東西進到我的嘴巴後，都會變得很好吃。能吃、能玩、能動，這樣的卓壯是生命的本質與本能。有人命好、命薄，有人體弱、體壯，這沒有什麼公平好說。在別人的眼中，這孩子生來好餵好養，是個福氣。但是這個傻得太健康的小孩自己卻覺得，如果有病可以得，日子可能會更有趣。

瘦的想胖，胖的想瘦。病的想沒病，但也有沒病的想生病。錯亂的人世間，總不乏這樣的傻事：要，要，要，不管了，我就是要。

兩個小時候多病的姊姊排在前面，我這個排尾巴的小孩已註定，是沒有辦法用更大更猛的病去取得關愛了。我像一棵粗放的野草，越不照顧，身體的抵抗力反而越強，越是沒病可以染上來。

下雨時，我故意跑去淋雨，只希望多點感冒的機會。但還沒等到濕夠冷夠，就被罵進屋子。他們罵的只是，我的衣服會濕，家裡沒那麼多衣服可以換。至於淋了雨，會不會生病，他們都心裡有數——「這個小孩，不可能生病的啦」。下雨的機會不常有，但起風變冷時，這個機會我可不想放棄。所以一有起風天，我就故意不加厚衣服去前院晃來晃去，玩到活跳跳地晃到天黑進屋吃飯，不過這樣的小動作還是沒有辦法幫我達到生病的目的。

大姊病在腸胃，二姊病在腎臟，這種病都不會傳染，我唯一能指望的是，她們感冒的那幾天，我趁她們睡覺呼氣時，趕快吸進一口氣，把感冒的病菌吸進去。

這樣努力偶爾還可以歪打正著奏效，我終於也可以得到感冒。但那年代裡，也不知道媽媽從哪裡學來的學問，她一直把一句話當聖旨掛在嘴邊：「維他命C可以增強抵抗力」，而她更篤信鳳梨罐頭含有超多的維他命。所以當我們被體溫計證實是真的發燒感冒時，她就會從外面買一罐鳳梨罐頭回來，如果沒效，才會再帶我們去醫院看病拿藥。

我們家治療感冒的兩階段步驟是：第一天，自認有感冒跡象的人向媽媽嗚咽地說「我感冒了」，媽媽會皺著眉，先用她的手摸摸喊病的人的額頭。如果「手測體溫」這關通過了，她會再拿出體溫計放在病者的腋下。等到連「儀器數字」都證實體溫過高了，她會先用「鳳梨罐頭」試著壓下病菌。過一天後，如果媽媽沒有忙家事忙到忘記，她會幫病者再量體溫，如果發現，發燒還沒退，這時就進入第二階段：爸或媽帶生病的小孩，去馬路對側那個被夾竹桃圍起來的鐵路醫院打針。

醫院裡，打針的護士都一樣殘酷，但有個不滅的定理是：如果是爸爸帶我們去打針，我們只會苦著臉，哭聲絕對不敢放出來；哭了會挨罵，根本不敢哭。

但如果是媽媽在身邊，我們會哭得比較眞情流露，以加深「苦難程度」的演出。從醫院走路回家的這段路上，軟心腸的媽媽總會忍不住買糖果餅乾給剛剛打過針的小孩。

心腸軟的媽媽，捨不得女兒病痛；我揉著針洞上的棉花球，含著眼淚抓著手上的棒棒糖，捨不得吃……唉，愚蠢又自私的小女孩，在那麼不懂事的年紀裡，已經會演出綁架「媽媽一定疼我」的演技了。

我們是很典型的客家家庭，平常絕不會到外面吃館子，抱持的是「不花一毛錢，就是賺一毛錢」的保守理財觀。那個大家都普通窮的年代裡，在我們家，能吃到鳳梨罐頭是件大事。我不知道爸媽是不是把它當大事，至少對我而言，罐頭上面有花花綠綠的包裝紙，拿下紙後，罐頭還亮亮的，眞是迷死我了。新鮮的水果不希罕，但吃下機器加工過的鳳梨，我渾身好像離未來的進步世界更近了。

鳳梨甜甜的，鳳梨汁黃黃香香的，除了好吃、好喝的感覺之外，我更感到「這是平常吃不到」的莫名興奮。當然，鳳梨罐頭買來了，只有感冒的人可以吃，沒感冒的人不能吃。當我嚐到鳳梨罐頭的酸甜滋味，不但發燒酸痛的難過全忘掉，更有一種天眞又眞實的「優越感」：我有鳳梨罐頭可以吃，哈哈，你們沒有。

我無法常常感冒，也沒機會常吃到鳳梨罐頭，但我還是很想吃鳳梨罐頭。那是一種，一想起來，就被記憶中鳳梨酸甜香味勾引得口水直湧的生理現象。

有一天，我在榻榻米上玩著玩著，摸著自己的額頭，覺得有點發燒。我壓抑住興奮的心情，向媽媽說：「我感冒了。」媽媽放下手邊的事，摸摸我的額頭，很不耐煩地說：「沒有啦。」我不死心地抗辯說：「有啦，我發燒了。」她拿出溫度計量一量，不在意地說：「有一點點，不過沒有關係。去，多喝開水。病菌就會殺死啦。」

我被支遣開之後，心裡有一點喜悅與期待，暗想，這次該有鳳梨罐頭了吧。過了一天，我忘了自己應該要持續感冒。飯照吃，遊戲照玩，媽媽也忘了我昨天喊發燒。也不知怎麼回事，當我想起，該和媽媽提醒感冒這件事時，我很焦慮地向媽媽催促：「我有發燒啦，妳怎麼還沒有去買鳳梨罐頭！」

從此之後，我想吃鳳梨罐頭的事就成爲全家人的笑柄。更沒有人會輕易相信，我會眞的發燒感冒。

我不是喊「狼來了」的說謊小孩，我只不過是個想吃鳳梨罐頭的誠實笨小孩。

那年，我五歲。能記起來的事，不多。但對於自己能熊熊火燄般的渴望，想生病、想吃鳳梨罐頭，卻是深深記得。他們都笑我，因爲我不會撒謊。直到他們取笑我，「妳是想吃鳳梨罐頭？還是眞的生病？」我才知道，「爲了想吃鳳梨罐頭，努力去感冒」是一件丟臉的事。

人生的邏輯充滿錯亂。在童年的思索中，我的邏輯「想生病，想吃鳳梨罐頭」亂得一塌糊塗。當時健康如小牛的我並不認爲「用生病換來鳳梨罐頭」有什麼錯，但我還是覺得臉紅：別人竟然可以比我先知道我的動機！

在半眞半假的發燒故事中，五歲的我沒吃到鳳梨罐頭。得不到命中沒有的病，這也過去了。是傻了點。但想想我五歲以後所做的事，也是想盡辦法從「沒有」拼到「有」，想吃鳳梨罐頭、想拿好成績、想唸好學校、想要有愛人、想要有錢、想去沒去過的地方、想要有房子……在人生路上一連串的「想要」行動裡，我卻是從「想要生病」的地方起頭。在別人眼中像「笑話」的，對我卻是頂順的邏輯。對別人是該做的合理事，在我能發展的邏輯中有些卻像不用笑出來就會很好笑的笑話。

【輯三】 留味的地圖

比利時：廣州來的女生

廣州來的她敢賭這塊跳板，湯姆敢賭這段誰都不看好的戀情；愛到最深處的交集，其實也就是一場兩人都有心的賭局。

開學都好幾個月後，班上多了一個東方臉孔的女生。齊眉的娃娃頭瀏海活像是藝品店架上賣給外國人的東方假娃娃。

她臉上老是堆著笑容，但英文太差了，要和所長談入學的事，也拉了一個台灣女生幫她。她是來打工？還是來遊學？還是要混別的？舉世滔滔，大家都要討生活。只要有辦法，誰礙了誰呢？

她人實在頂甜的，同班嘛，我也沒幫她什麼忙，有天她竟然送個蓮蓉包子來。這個小鎮上的中國商店只賣些綠豆、春捲皮的小雜貨，像這樣「高級」的蓮蓉大包子，就只有坐半小時的火車到布魯塞爾或安特衛普才買得到。那時，她週末就是到安特衛普餐廳打工。工作那麼辛苦，要存錢繳學費付房租，還送了這樣特別的禮來，我對她說：「妳實在不用送禮物啊，太客氣了。」但她還是那樣笑得瞇眼，世故又熟暢的客套：「沒什麼啦……」天眞和氣的笑意加上實惠的甜甜禮物，她也眞能抓準別人的需求。

小鎮上有個比利時人學中文的班，湯姆利用週末與晚上學中文也有兩三年了，他也常來我們家裡坐坐聊聊。一天，湯姆突然帶出一句他要讓我們知道，又不想裝做太了不起的話：「今天我不能在這裡呆太久，因爲等一下我要去接我女朋友。」

哇，果然好人有好報，湯姆終於有女朋友了。是誰呢？是廣州來的那個女生。

湯姆的確是個好人。但頭禿、肚圓，加上三公尺外就聞得到的濃濃體臭，這些抱歉的形狀與味道使得一般人眞的很難把他當成夢中的白馬王子。不過，他的確是個忠厚踏實的善良人。醜是醜，臭是臭，這些是天生的，有誰可以說，豬八戒就沒有追求愛情的權力？

如果他們情投意合，互得所需，恩恩愛愛，我們外人就應祝福，但我心裡還是閃過一點不祥的感覺。湯姆長得無法被一般人喜愛，這不但是眼睛看得到，也是鼻子聞得到的感官事實。要容納得下他無時不在、久久不去的滿屋體臭，要從他禿了頂、肥滾滾的五官讀到他的眞心多情，這的確不是一般女子做得到的。而我也覺得那個廣州來的女孩不是一般的女孩子。

怎麼說，湯姆也寂寞久了。都是三十出頭的人了，化工系畢業後認眞做了幾年工作，這幾年歐洲不緊氣，已經失業兩年，能在這段人生空檔中有個愛人，確是甜蜜，也是陰陽調合的花好月圓。

那他們的語言溝通呢？湯姆是講荷文道道地地的比利時人，英文比一般比利時人好。就如一句江湖黃話「床上是學習外語最好的地方」，這個廣州女孩應該也知道這是個機會。

那陣子湯姆的確是有點不同，房間多了些廉價的小框子掛畫。一句「女朋友送的」，他是說得平淡，但看得出他眞的好珍惜與這廣州女孩的感情。

至於她呢？她很早就沒去上課了。自從繳了學費，註了冊，到市政府拿到一年有效的暫時身份證，便專心到餐館打工賺錢去，不再鴨子聽雷地坐在教室裡上課。她現在是合法的學生，非法的打工女侍。合不合法是一回事，最起碼讀書沒有收入，打工有收入，她當然是選比較實惠的事情。

廣州來的的確是不同，一方面她剪個極度東方味的中國娃娃頭，但她用的手提包、穿的衣服卻是一點也不社會主義。帶金花的細跟鞋、耳上裝飾的髮夾……整個型看起來就是有「在外勤逛街、在家打扮過」的線索。台灣同學提起她，有人乾脆把嘴一撇，稱她是「最不像大陸來的」。

爲了謝謝她去安特衛普打工時替我拿底片去送洗，我們提議找個中午，我做些吃的，到她住的地方去。我們家的餐桌窄小得很，她住的廉價公寓最起碼還有個共用大廚房，擺起東西也方便。到了公寓廚房時，她一直笑著說：「我煮了一個湯，也不知道好不好吃。我不會煮哩，他們說放了紅蘿蔔，湯會比較甜。」我一看那個湯，紅的綠的白的，一些叫得出名字的蔬菜，全都煮到無法辨認、慘不忍睹！看她笑得那麼好玩，我也相信這個二十五六歲的廣州大姑娘，在中國老家是眞的沒下過廚。

她引我到她房間。沒有一本書，倒有幾個白癡樣的玩具狗放在書架上。最引人注目的是，大大的梳粧台上排了整整齊齊好幾瓶香水與乳液。閃閃動人的香水光澤，配上由高到低擺設的化妝品，整個畫面活像百貨公司裡蜜絲佛陀的櫃台。想來這些是她夜夜對之微笑的戰利品。

桌上有本台灣流行的明星服裝雜誌，我訝異地問怎麼會有。她說：「是樓上的J回台灣時，我託他帶給我的。你們台灣的彩色雜誌很好看哩！」我心想，她的人緣果然很好。J在台灣同學裡，是個脾氣彆扭又小心眼的單身漢，沒人喜歡和他來往。這種沒人緣的人物竟然會替她從台灣帶東西，可見連J君也擋不住甜嘴俏姑娘的魔力。

她沒介紹房裡什麼東西是湯姆送的，也沒有任何意思想談到湯姆，但那麼開心甜甜的笑，不會做菜又有什麼關係，荷文英文不通又有什麼關係，對中文有興趣的湯姆應該早就拜倒在這個中國搪瓷甜娃娃的裙下了。

她實在很愛笑，每個句點後面一定是黏上咯咯咯的笑聲。我又沒說上什麼幽默句子，她也沒說什麼笑話，但看到她時，她的嘴就是閉不上，光是笑。看不出什麼事情眞的那麼好笑，也不知道笑下面是用來掩飾什麼情緒。中國人的微笑本來就很難懂，她洋娃娃式的笑更是沒有理由。不解歸不解，又有誰喜歡老看到撲克臉？賣給外國人的中國娃娃不都是黑頭髮，笑到眼睛瞇成一直線的臉孔模樣嗎？

過了一陣子，我又拿底片找她，想託她去安特衛普時順便送洗。她說，不去安特衛普了，現在已經換到這個鎮上的中國餐館工作。我自私又關心地問她「爲什麼？」她很不好意思地說：「那個老闆吃我豆腐……週末打工，週六晚上在餐館過夜……」她吞吞吐吐，不想再說這件事。

爲了博得人緣，她可能少不了要與老闆、後頭廚房的人說說笑笑。如果這個店沒個老闆娘，或週末暗夜裡就只有她一個女人留在角落房間過夜，她的床頭四周可能是布滿了飢餓的眼。一場誤以爲「妹有意，郎不能不從」的暗色慾動不是沒有可能上演……在兩相拼鬥過程中，她贏了還是輸了？我並不想知道，她低下頭的黑眼珠中沒有憤怒或控訴，卻映出一種對「錯事」、「壞事」的難過。

半年後，湯姆不經意地提到他與廣州女孩分手了。

雖然，當時沒有鏡子在我眼前，但我想我的臉上一定寫滿了：「嗚，可憐的湯姆。我們早就知道會是這結局了。她配你，多少是委屈了她；你配她，更是辛苦你了。她抓著你談戀愛，多少衝著你是洋人的份上。事實上，她是要用身體綁住你，把自己留在比利時啊。」

湯姆一定也看得出我的好奇與心情，自己先說了：「蒂娜（廣州女孩的英文名字）的新男友是她工作餐館的一個男侍。她已經懷孕了，馬上就要結婚。」湯姆繼續說：「他是比利時人。你也知道蒂娜是很想留在歐洲。但她男友比她年輕很多，才剛從餐館學校畢業，她的語文能力只夠在中國餐館打工，他們兩個是很難有個穩定的經濟基礎。不過我還是祝福蒂娜的。」

送走湯姆後，我與W趕快把屋裡所有能開的窗戶都開到最大。湯姆巨大的體臭實在濃，不好散，但他提得起，放得下的愛情卻讓我不知如何下結論，是「豬八戒想吃天鵝肉，黃天鵝見好就飛」、「黑髮蜘蛛精戲弄禿頭大胖獸」，還是「癡情男子錯愛無情花」？

他能把愛擴大到無悔無怨，但爲什麼這麼偉大的情操與毅力不能把自己腰圍瘦兩寸下來？如果當初只是受不了她的撩撥誘惑，經過這番賀爾蒙的翻攪後，他怎能坦然尊重愛人的叛逃？但湯姆也不是年輕不經事的毛頭嫩孩子了，從鏡子裡、從生活故事裡，或許他也早知自己是難網到其它女人，縱然是短暫的關懷與歡悅，兩人也都是眞心無悔，歡歡愛愛。流光歲月中，人總要用眞愛去賭一賭自己的命運。廣州來的她敢賭這塊跳板，湯姆敢賭這段誰都不看好的戀情；愛到最深處的交集，其實也就是一場兩人都有心的賭局。

小鎭那麼小，要不碰面也難。一天在紅綠燈旁遇到了她。她肚子已大，臉上也有了微微的水腫與懷孕期荷爾蒙帶出的痘子。笑，還是沒消失。她就住在十字路口再過去一點點。下個月我就要回台灣了，我們約了第二天在她家聊聊。

我帶了自己做的蛋糕過去按門鈴，她住的地方比過去那公寓是好了一點。看到桌上一盤排得整齊的丹麥奶酥，那種細心擺設讓我想起她排的香水瓶罐風景。

她問我要不要喝咖啡，我說也好。她走兩步到乾淨如畫的小廚房，遲疑地看了一下架上的瓶瓶罐罐，打開雀巢即溶咖啡往咖啡器倒下去。我訝異地問她：「這是即溶咖啡，不用煮。妳是不是搞錯了？」

她很不好意思自己當了一個洋人的太太，卻不知道咖啡的事，七手八脚笑著把咖啡倒出濾紙。

坐定後，她打開桌上粉紅色的大相片本，裡面是結婚當天的一張張照片。我問婚禮的事有沒有這裡的大陸朋友幫忙，她原本笑笑的臉孔突然湧上一股陰森森的恨意：「他們說得很難聽……」黑眼珠往眼框下方一轉，嘴角往下不屑地一撇，她想到那些又毒又酸的話，甜甜的表情馬上轟一聲翻成五臟六腑毒氣全發的蜘蛛臉。

「會害喜嗎？」她馬上回過神來，開心地說，一點都不會。「爸媽同意這婚事嗎？」她微笑地說他們沒意見，接著她就高興地開始抱怨結婚註冊手續的麻煩：「剛開始，他們要我拿到廣州發的證件。等到我拿到了，又說缺了這、少了那個，我還得叫大陸那邊再補證件過來。好麻煩哦。」一想到聯絡大陸親友申請證件、寄證件的那些過程，她的嘴忍不住又笑開了，兩眼也瞇得藏不住對這款麻煩事的歡喜。

她高興地指著照片對我介紹：「那是我先生的媽媽、我先生的姊姊，她們在幫我化妝……這邊是我們到湖邊餐廳開的派對。」照片上，她年輕的白人丈夫瘦帥帥的，她拿著美麗的捧花蓋在小腹上，倆人在花前、湖邊，留下了成雙的身影。

我不知要如何祝福這位廣州姑娘，從她第一次進教室羞怯怯的甜笑，到最後頂著肚子翻看結婚相片本時的快樂微笑，兩款笑容中間不過隔著兩年。她要的戰利品都得到了，我也只有祝福她肚裡的混血小生命能擁有一個快樂的黑眼珠媽媽。

比利時：在那遙遠的中國餐館

世界上一定有「眞正的中國菜」嗎？在哪個廚房？眞也好，假也好，出寨的中國菜已在異邦燃起裊裊炊煙，飄香帶霧地進入異族人的生活。

「中國餐館」的老制服：翹屋簷、龍柱、很多的紅色。

比利時小鎮裡最貴的中國餐館丟掉老制服，讓自己的外表看起來很素。
樸素不一定就有氣質，滿店的「紅紅綠綠」還是會給人覺得「太假」。反正大家都知道，出洋後這些都是「假的」中國菜、「假的」布景，有些中國餐館就乾脆不再裝下去。

剛到比利時的第一週，聽到一位智者對我們發出箴言：「縱使你有閒錢，我勸你，也不要進中國餐館。」

這位「智者」是我們這一小群台灣留學生公認的「精神導師」。他不但具有學識淵深，走遍萬里路的深厚內力，光是從老鳥口中聽到他做菜品菜的功力，就知道他是書房與廚房兩個空間裡的有心人。

我們對他非常崇拜，不只因爲他年紀比我們長了七八歲，不只因爲他很會做菜，不只因爲他的博士論文很讓人期待，最重要的是，他很幽默，幽默得很含蓄又駭人。當我們一群新人菜鳥圍著他問，哪兒可以買到做年糕的粉，哪兒的麵包好吃，他一一告訴我們。但當有人問到「中國餐館的菜好不好」，他把眼珠一轉，答道：「有閒錢，也不要進中國餐館。」大家轟笑一團，問他爲什麼，他只是掛著中國人的微笑。

半年後，我選中國餐館當這個碩士課程的論文題目。那一年最大的衝擊就在

「兩種文化板塊碰觸」的震盪。有些外國人可能一輩子也不會有念頭要去中國，卻會去中國餐館。到底這些中國餐館在異族人生活中扮演什麼角色，也成了我肚子裡的問號。

田野調查訪談做到告一段落後，我到藝術學院電腦室去打字。列印時有點小問題，一位中年女職員過來幫我看看印表機。我趁機問她有去過中國餐館嗎。她的回答與大部份我訪談的比利時人答案一樣，去過。那什麼時候去呢？她認眞回想了一陣子說，慶祝朋友生日時吧。我再問她，這小鎭有這麼多異國餐廳，希臘餐廳、義大利餐館，爲什麼選中國餐館。她丟給我一個答案，法國、義大利離比利時都太近了，中國比較遠，遠一點的地方才像放長假，遠一點的地方才有更多神秘的想像。

如果照她所說，上中國餐廳是想沾點異國渡假的心情，那正式的場合會不會拒絕中國餐館呢？她答，如果要請上司吃飯，有正式目的，她絕不會選擇中國餐廳冒這個險，讓客人出醜。她對自己上不同餐館的行爲做個結論：中國餐館像小老婆，新鮮浪漫；但正式場合就不是小老婆可以登場的時候。

的確，好萊塢電影裡中國餐館中的對手戲裡，幾乎都是有意突顯劇中主角因爲不會用筷子，或有人吃不慣東方怪菜，而在飯局裡出醜的笑鬧插曲。要化解神秘最方便的方法，就是讓神秘變得很好笑；好笑後，距離就拉近了。只不過笑果一扯，地圖也像哈哈鏡一樣變形失眞。

外國人笑中國人的筷子無聊，中國人笑外國人做的菜難吃，在「天大地大我最大」的文化地圖中，多嚐幾種異國菜可以讓我們感到「天下眞大眞怪」。我不必走向他們，反正他們會開了餐館走近我們，而世界地圖到最後也縮成會「走」味的異國餐館地址。

在那位比利時女士的說法裡，義大利菜不算眞正的「異國菜」，比利時與義大利同在歐洲版圖上，一天巴士就到得了，對於一個不遠的鄰國，那樣的旅行不算大旅行。中國，多遠啊，多難到，機票錢多貴。想到地球儀上的距離，到中國餐館吃中國菜也生出點補償作用：「縱使我無法去中國，但最起碼我在中國餐館吃到中國菜了。」可以不花一點旅費吃到遙遠血統的異國菜，不知不覺中，吃了一頓飯，倒也好像省了機票錢，賺到一疊厚厚的鈔票。

這就好像喝下可口可樂，會從一肚子氣泡中感到，離美國近一點。這種「有感覺」的吃法、喝法，不是食物本身可以左右的感覺，卻是飲食男女讓想像越過大海、飛過高山的「寄夢」所在……當「夢」變成食物後，並不代表美夢成眞，頂多是讓遠方的夢在胃中做點動作。

對外族人而言，中國餐廳是滿足好奇與胃口的地方。對於那位「有閒錢也不願再進中國餐館」的台灣儒紳學者而言，餐廳老闆「重白輕黃」的眼色的確會讓他嚥不下飯。他進中國餐館的動機與外國人一樣，都懷著好奇。只不過，他想嚐嚐中國菜移植後改裝的結果，而外國人則想看看混血後的中國菜。外國人是邊吃邊想：「這不是眞的中國菜，是假的。好吃是好吃，爲了迎合我們當地口味，廚房裡的中國廚師一定不敢做眞正的中國菜上桌給我們。」外國人與寄居異國的中國人都篤信：世界上一定有「眞正」、「道地」的中國菜，只不過它是在遙遠的地方。

世界上一定有「眞正的中國菜」嗎？在哪個廚房？眞也好，假也好，出塞的中國菜已在異邦燃起裊裊炊煙，飄香帶霧地進入異族人的生活。遙遠的中國仍很遙遠，而或許就是因爲大家希望別靠太近，所以我們也寧可相信，旅行過來的中國菜已不「眞」，而那個最「眞」的就一定要在迷迷矇矇的遠方。如果中國餐館背後有個神話，或許就從這種人造距離開始吧。

比利時：醉在那年的異鄉除夕夜

在瘋狂與冷醉中間，他爲他自己，也爲我，在那年除夕夜選擇了冷醉。背著夢想，帶著雙親的期待，醉在最冷的風景圖畫裡……

時光如流水，熱綠趕走冷雪，枯枝逼退青葉。窗外的風景像一捲慢速的走馬燈。回頭看，卻覺得那段日子過得好快。
這是我在兩個季節裡，從公寓窗戶往城中心方向拍的。

剛到小鎮的第一天，他往窗外拍下這畫面。
那時只覺得這裡象牙塔的世界好乾淨，好安靜，好像明信片。
但後來我們卻在不知不覺中變成風景明信片裡的俘虜。

那晚醉的是他。大年初一凌晨二點的路上，我牽著腳踏車，嘀咕著他。

結婚一年後出國，剛開始的確有很多要適應。婚姻要適應，文化要適應，這是我們兩人的第一次婚姻，第一次出國，過得辛苦，還在掙扎，總不忍那麼早就放棄這段婚姻，也不甘這麼快就棄攻觸礁的學位。要分？要合？要走？要留？我們都不知道該怎麼辦……

腳踏車騎到小鎮公園圍牆外那段時，他暈得騎不下去，我們只好用走的。我的嘀咕聲被窄巷旁厚磚牆反射出冰冷的回音，他還是踉蹌著不說一句話。微弱的燈光把我們前前後後的身影拉得很孤單很分開。縱使巷裡黑漆漆的，但如果有路人看到我的生氣嘀咕與他的無言沉默，一定可以猜到我們是一對結結實實的怨偶。不過在當時的比利時小鎮裡，除了幾個華人之外，應該是沒有多少人知道，那個冷得刺骨的黑夜是我們的除夕夜。

我們的除夕、我們的婚姻，不「過」也不行。人類從穴居時代，一路走到制度如林的複雜社會，因爲需要，就有了過年、結婚的儀式符號。日出日落、春夏秋冬中，有一天會是過年。茫茫人海中，我們與其中一個人結婚。其實，人是最會麻煩自己的動物。叢林中的一群花鹿，不會集合起來過年；大海中兩情相悅的鯨魚，不會想到搞出個結婚的事情。說穿了，其實人類從出生開始，就是活在一串讓自己忙碌的儀式當中。

我與他心甘情願地進入禮堂，雀躍萬分地提著大同電鍋與入學許可那張紙出國。要在同一個屋簷下彼此適應，也要學習新國度的事情，我們從原先的高興，一路轉到無助，冷冷慌慌過下去。那幾年的每張日曆疊滿了「日子怎麼會這樣、怎麼老是這樣、爲什麼還這樣」的幻滅。

我們是以留學生身份居留在比利時這小鎮上，那年的過年已經是第三個在這裡過的年了。

在台灣時，過年就過年，報紙斷幾天，電視天天播出「恭喜發財」的新年特別節目。「年味」是年年在變，但吃吃喝喝、熱熱鬧鬧中，活在自己族人的營地裡，紅色的年獸畢竟還是隻活跳跳的喜獸。

可是頂著家人的期望與童年的夢想到異鄉求取功名，每一次的過年，卻像是一次功名簿的結帳。「來這裡第幾年了?還要幾年拿到學位回去?」他博士班的事拖在指導教授自己的資格問題上，當個留學生當到最後，竟然像是活在「遠方親友的期待國度」的空空雲端裡。越活越假，一到了過年，想家人是不一定會，但我們都心照不宣會「每逢佳節倍思功名」。

他的功名會影響到我，無結果的等待也會影響到我。「年」像個巨獸，張爪裂嘴，牽起我們倆平日不敢面對的焦慮：「還要過多少個這樣的年?明年我們會在哪裡?」吵起來膽子可以很大的我們，卻沒有膽子眞的問自己：「我們這樣還可以在一起幾年?明年我們還在一起嗎?」結婚才四年的我們不是非分不可，我們只是不知道要怎麼在一起。走在自己生命中的轉調旋律中，我們不敢爲自己做生涯規劃。縱使做了下一年的新計劃，想奮力衝刺，卻很難把對方放進來。

那年，在美國有位大陸留學生因爲無法留在美國工作，憤而拿槍殺死他的指導教授，也一槍斃了搶走他工作機會的另一位大陸同學。那種心情我們能懂，但我們要殺誰呢？審核教授小組要他再等、再改論文計畫書，這一耗，就是兩三年過去了。我們原本應像互相取暖的兩隻小白兔，彼此依偎在孤獨的異地，但不是聖人也不聰明的我們，倒像同一屋簷下的兩隻無辜刺蝟。

我知道他很愛看書，他對「字」與「書」有份愛。能從忙得天昏地暗的現實中，離開車水馬龍，來風景圖片般的國家讀書，這曾是他的夢。但浸泡在夢中久了，甜味會發酸。什麼夢都會這樣，知識份子悶燒的夢更不例外。

日子一天天過下去，一個過年走了，還有另一個過年會來。在「混到沒名目」的歲月裡，「年」卻像個黑面披紅袍的審判官，站在舊時光的盡頭，大刀一揮，厲聲喊問：「一年過去了，你的田裡收成了什麼？你要用什麼祭品向我拜年？」

我們遲遲不向風景圖片的異國說再見，我們不願眞的分手，只因爲我們覺得維持現狀可以比較省力。人生走到三十多，我們變得有點貪「懶」。日子一天一天蓋過去，年還是要來。祂是來要債，來驗收？還是來同歡，帶喜氣？其實，對於心虛的一年，「年」是不請自來的惡魔。對於無悔無愧的一年，「年」是向我們道賀的吉物。在誘惑纏身的殺力旅路上，「會過到什麼樣的年？」是頂自由心證的，自己最得爲自己的「年」樣負責。

生活在看不到農曆的異國，其實我們眞的不會知道哪一天要過年。如果不是同學會把過年聚餐的信捎過來，我們會忘了過年。說白了，其實我們潛意識裡，不敢回看舊年，也懀畏另一個新年還要過來。

那天，同學會向小鎮中國餐館訂了些菜。我在女眷堆聊天，也沒注意他。等到大家陸陸續續穿起大衣回家，我才發現他還和大炮嘴的S君在比酒。人家S君家就在這棟樓交誼廳的樓上宿舍，沒有回家的問題。我們家住得遠，這段又黑又冷的路，脚踏車騎起來也要半小時以上，我眞不知道他喝得那麼瘋是做什麼。

到了半夜一點多時，整個空蕩蕩的會場，只剩他們兩個男人在對喝。S君的老婆進來，把她先生領回去之後，我與他變成這場除夕大宴最後離開的人了。扶起倒在常春藤牆上的腳踏車，我才發現他醉得很厲害。一路上，乾冷北風像無情的利刀迎面刮過來，他踉蹌地推著腳踏車，這段大年夜的回家夜路竟是長得像怎麼走都走不完。

當然要喝到醉。那麼遠的故鄉、那麼近的新年、那麼冷的學位、那麼癱瘓的婚姻；知識啊、學位啊、愛情呵、婚姻呵，爲甚麼它們都切不過去，也走不下去？在瘋狂與冷醉中間，他爲他自己，也爲我，在那年除夕夜選擇了冷醉。背著夢想，帶著雙親的期待，醉在最冷的風景圖畫裡，被舊年與新年卡在夾縫中，恨無從恨起，愛無從愛起，要戰又無從戰起，用仰頸長飲換一個醉，也不過是在向自己的命運賭氣。

再一年的除夕夜，我們解開枷鎖，分開過日子。各自回到熟悉的陌生台灣，在不同的軌道上，往我們自己的前方走。沒有愛情了，還有曾經柴米油鹽的恩情。不再朝夕相處，卻有種無法說清楚的祝福。

踩開那次異鄉新年午夜中的腳步之後，不論有緣無緣，不論在異鄉故鄉，不論決定下得是快還是慢，矇矇中，我們好像都從那晚大年夜的冷宴冷風中體會到，「無悔」是裝新年酒醪最好的杯子。

比利時：蕙琳麵包上的甜奶油

她的母語是複數，她的母親是單數，她的青春呢？應仍是一個單數，幾種文化揉起來的單數。

很早就聽說，新任台灣同學會副會長蕙琳是個在比利時長大的台灣女孩，很會說法語，但只會說一點點台語與國語。

果然不能把她當台灣人，她的國語已支離破碎。和她說話時，她一直替自己說不好的國語害羞抱歉。那種用笑來掩飾尷尬的表情，就好像才學一年法語的我們，面對眞正講法語的人，想練習講，又知道自己一定還講不好；想講，又尷尬，只好在找不出單字時，瞇了眼添些不好意思的笑聲。事實上，她十九歲的年紀都是在比利時長大，台灣對於她而言，說「祖國」，是太沉重了，說「祖籍」，倒比較貼切。若稱祖國，會有種非落葉歸根不可的血脈使命；若稱台灣為祖籍，那可以傳達出對媽媽出生地的敬意。畢竟她還是朶盛開的花蕾，葉子要落在哪塊土地，根要下在比利時、台灣還是大陸？她還無法決定。她最關心還是，唸了大一的醫科，發現唸不來，想轉系，又不知道要轉到什麼系。對她而言，大一這一年裡，「性向選擇」問題比「文化認同」要明顯頭痛些。

蕙琳的父親是以前在此地教漢學的教授，講國語的外省人，去世了好幾年，她的母親過去則是台南麻豆鎮的望族千金。靠著不錯的積蓄，蕙琳的母親與一雙女兒、一對兒子住在這大學城裡。有棟花園房子住，有筆存款生利息。她母親是台灣同鄉人口中「活躍的T太太」，平常幫忙社區做義工媽媽，日子是過得熱心又忙碌。

有次，同學會辦了一次到法國的大旅行。遊覽車要一大早七點從蕙琳他們的大學城校區出發，住在別城的人只好前一晚先到這城，找個地方過一晚。我趁蕙琳來我們小鎮開同學會時問她，方不方便那天到她家打地舖。她用斷斷續續的稚氣中文句子高興地說，她母親與她也要參加那次旅行，如果我去她家住，我們可以聊到好晚，一起吃早餐，一起去搭遊覽車。

那晚，我們在大書房聊得很晚。架上滿滿是漢學的書、書法與國畫軸簾。蕙琳看我翻一本水墨畫大書那股愛不釋手的樣子，便對我說：「妳要不要借回去看啊？爸爸去世後，這些書幾乎都沒人動過。妳眞的可以借。」沒人再去看這些書？我突然覺得在這個已故漢學教授的大書房裡，飄來一種讓我害怕的冰冷悽涼。

華麗的波斯地毯是吸得很乾淨，書架上也不是積滿灰塵的穢狀，看得出蕙琳的媽媽仍替亡夫照顧好這些書畫。但萬丈經典，留給誰呢？昔日在這異鄉書房皓首窮經的學者，是否已預知生死事，也看破這些他所搜集的無價文寶終要寂寞？

蕙琳從架上拿出爸媽當初在麻豆結婚的照片本出來。兩對新人身後排著一大排親友，蕙林說：「妳看，我媽好漂亮喔。她那時是護士。」的確，一個成功漢學家娶到望族的活潑女郎，在當時的麻豆鎮應是件大事。從蕙琳媽媽濃重南部腔的國語，精神奕奕到車站來接我，到把這個沒有男主人的家整理得有條不紊，我想當年這段本省護士與外省漢學學者的幸福婚姻，是不需過多漢學來介入了。而從現在這個家庭的生活景象看來，滿櫃漢學書冊也已變成寂靜書房的一種傢俱布景。

蕙琳的姊姊思琳也坐在地上與我們一起聊，我們一下子就聊到女孩子興奮的事：男朋友。思琳的男朋友是台灣來的，蕙琳的男朋友是高中同學比利時人。思琳用比蕙琳還流利的國語說：「我當初就知道，我的男朋友是要台灣人。」爲什麼呢？我沒問，但作為一個漢學教授的第一個掌上明珠，在她成長過程中，或許爸媽是多給了點什麼，使得她已「非漢家郎不嫁」。姊姊是那麼選，妹妹呢？蕙琳從皮夾拿出她比利時白皮膚男友的照片。從她的眼光中，我讀到的只是兩小無猜沒有皮膚色差的純情顏色。

從小到大有常回台灣嗎？蕙琳撒嬌地說：「有啊。回去我就一直吃，台灣的東西都好好吃，每次回來我男朋友就笑我一定要減肥。」蕙琳想到什麼，接著天眞又認眞地說：「我們有兩本護照哩。媽媽說，台灣的護照可以省錢，在台灣機場時，我們就不必付那個簽證的錢了。」

有兩本護照的功能是在省錢，不必辦簽證而已？對蕙琳的媽媽而言，台灣護照是本來就有，不必丟的證件。到了蕙琳這一代，這條臍帶拉下來，台灣變成一個害她一直吃，吃到要減肥的地方。台灣讓她又愛又怕，愛的是那些好吃的米糕、炒米粉，怕的也是那些會讓她發胖的東西……「台灣印象」對這個移民第二代年輕女孩而言，也眞是矛盾。

第二天早上天還沒亮，我們起床進餐廳。餐桌對面多了兩個我還沒見過的大男孩，他們嘟著嘴，正在賭氣。蕙琳不當一回事，把他們當聾子般地對我說：「那是我弟弟，要我媽把車子鑰匙留給他們。他們很皮，我媽媽管不動他們。他們沒在中文班好好上課，現在都不會說中文，只會聽一點點。」

蕙琳的媽媽好忙碌地從冰箱拿出果醬奶油一堆瓶罐，在流理台前切麵包塗料。她七手八脚地在廚房顧咖啡機、切乳酪，還得用很濃厚台語腔的法語對餐桌旁的兒子說話。而兩個兒子則以「叛逆眼光」盯著桌上果汁生悶氣，用不帶一點外國腔的流利法語頂了媽媽幾句。我看了實在不忍，青春期孩子頂嘴是很正常，但蕙琳媽媽在廚房團團轉，孩子不進廚房幫忙，難道是孩子被寵慣了？

蕙琳媽媽匆匆把一份三明治遞到蕙琳桌上，蕙琳打開兩片麵包，看了一眼，用快哭出來的委屈表情低聲說：「我已跟媽咪說過，不喜歡這種甜甜的奶油，每次她還是那樣。」

我問她：「爲什麼不去廚房自己做三明治？」她皺眉用小貓一樣的聲音說：

「我媽媽每次也是一個人在廚房做。她一直把我們當小孩。」

蕙琳嘟著嘴，用刀把甜奶油刮下來。兩個弟弟沒吵贏媽媽，索性負氣把早餐移到房間，不想看到媽媽。

蕙琳媽媽在忙亂中把早餐做好全放到桌上，匆匆地對我招呼一聲：「趕快吃，等下我就開車一起去集合。」沒吃一口麵包地進房準備畫口紅，打點行李。突然間，我感受到那種「媽媽忙，你們好好坐下來吃」的家庭氣氛。對我這離家在外的遊子而言，聽到這麼「媽媽式」的話，心中感動實在說不出。但對於恨透甜奶油的蕙琳而言，她能想到的或許只是，媽媽怎麼又忘了我不吃甜奶油。

孩子大了，想自己做早餐。但在媽媽的眼中，孩子永遠是孩子，做給你吃就很好了，還挑什麼甜奶油，還賭氣什麼。

萬能的媽媽，萬能的移民媽媽。從台語到法語，從零到生出四個高大的小孩，蕙琳媽媽旺盛的母性體力爲孩子織出個生活保護網，但在無形中，也在廚房外築起了一道牆：「孩子，這是媽媽的地盤，去等吃就好了。」

那趟旅行後，再遇到蕙琳，她說，已從唸不下的醫科轉系出去，住校後，她週末回家的次數也少了。

我想蕙琳不會因爲一回台灣會發胖，就不願回台灣。她也不會因爲媽媽老幫她的麵包塗了甜奶油，就不願週末回家看媽媽。她可以說父親的國語，也會一點母親的台語，她用得最順的則是講了十九年的法語。她的母語是複數，她的母親是單數，她的青春呢？應仍是一個單數，幾種文化揉起來的單數。沒人替她在早餐麵包塗甜奶油後，或許她可以開始去嚐屬於她獨特身世的平凡獨立。

法國：古堡旅行團

有人一生就是在搶自尊，有人在替自卑孵蛋；有人則是一路找問題、回答問題，想從受罪命運中尋求理解、回歸解放。

一趟羅瓦河之旅後，我們還是回去當自己城堡的奴隸。
對誰謙卑？尊嚴歸誰？其實每個奴隸的解放就在當下。

法國古堡之旅的最後一天，我們在這個有河、有橋的小鎮過了一晚。

比利時的台灣同學會的新會長很熱心地在初夏辦了一次到法國的旅行活動，大家都很興奮。從比利時到法國，這可是「出國」的旅行。而且又是到羅瓦河看古堡，看一群古堡。在便宜的團費促銷下，我們這群「出了祖國」的族人，將要越過比法邊界再「出國」過去。

出去，出去，出國，出國……人類有種習慣，幻想外面總比裡面有趣，而出國一次，好像兩眼的高度就可以提高一寸起來。「出去就是開眼界」，這是沒有人會反對的。但眼開了，心就一定跟著開？這就比較難說了。眼要多開，要看心有多開。但心要怎麼開？這個開關就比較難找也難說。可是看到自己興高采烈地去布魯塞爾辦法國簽證，找羅瓦河古堡書籍，管它是眼開還是心開，最起碼，我也已是心花朵朵蹦著開。

出發前一晚，我在蕙琳家他那已故漢學家父親的大書房打地舖。地毯、書櫃、字畫都一塵不染，但我一夜睡得很不安穩，好像在個漢學博物館過一夜般。第二早，活潑的蕙琳的媽媽緊張興奮地開車把我們載到集合地點，她也要去玩，也好開心。

一車人的年齡幾乎都在三十五歲以下。年長過四十的就只有蕙琳的媽媽，與一位私立大學送出來進修的毆吉桑S先生。

暗地裡，我們叫S先生是「大便臉」，他算錢算得好摳，也一直覺得我們這些年紀比他小的人不尊重他，從沒看過他露出笑嘴。他有超強的自尊心，男性的自尊，如果有人講話和他不對味，他馬上就會以爲別人看不起他，繃出一天的臭臉。他有不完整的自卑與自大，又喜歡生悶氣，以前同學會活動中，大家就把他列爲「很會生氣的歐吉桑」一號人物。他要我們敬老尊賢，這是不難，但他要用這標準來檢查周圍台灣同學的每句話、每個眼神，就會令他生氣了。聽說以前他爬到那個私立大學講師的位子，還會有人叫他「老師」，但現在這是「同學會」，大家都是出國來「求學」，都是用「學生」身份住在國外，或許他可以在洋教授、洋同學面前以「學生」身份自居，但看到我們這些年齡比他小上十歲的台灣人，他實在有點不甘願。回台灣後，他可以因爲這段國外求學資歷而升等，這是他夢寐以求的事。但和我們這群年齡比他小的台灣人處在「同學階級」，這種不甘也變成對我們的不悅。

爲了省錢，他住在幾個比利時女孩共租公寓的小儲藏室。當住那公寓的蒂娜向我說起，她有一個台灣男室友。我說：「是他啊，他好兇耶。」她說：「不會啊，他看到我們都笑笑的啊。只是我們很不好意思，他還眞願住那麼小的儲藏室。」奇怪了，他怎麼有大小眼？不過，從他同公寓口中描述，S君應還是有對人和氣的時候；只要對方的膚色、身份、年齡中，有一項夠他感到卑微。

遊覽車上的「台灣同學」來自比利時四面八方各不同城市，年輕人初碰面總會聊聊，你唸什麼，好不好唸。但這位歐吉桑問別人「以前你在台灣是在哪個單位？」引來走道上轟地一團笑聲。「什麼時代了，還在算『單位』？」在我們的笑聲中，他覺得有點不好意思，馬上轉成敏感的受辱表情。當他反擊地說道：「你們唸小學時，我已經在當兵啦。」我們還是沒生出什麼敬意，但已有人低頭在偷笑。

第二天，在一個古堡外的紀念品攤子上，我看到活潑美麗的蕙琳媽媽七手八腳地用麻豆台語對S先生說：「這種尺拿回去送人是最好的啦。你看，這上面有古堡的花樣，台灣又沒有，送給小孩子很好啦。」等到她講到「反正一隻尺又沒有多少錢」，本來還在猶豫打量的S君好像被講到痛處，一雙還在「遲疑思量」的手馬上轉到「非買不可」的積極抓取。S君大概是怕被蕙琳媽媽笑，小氣鬼，這麼便宜的尺也買不起，他一下子抓了五六把這種三十公分的塑膠尺去結帳。

第四天我們天黑時到了一個河邊小旅店住下。這個小鎮有美麗的河、漂亮的石橋，我一早起床四處走走也覺得空氣好美。到了九點鐘集合時間，蕙琳媽媽與S君一起出現，他們精神奕奕地對一群昨晚逛茶館「晚起的幼鳥」說：「啊，你們沒有早起，眞虧。這個地方好漂亮，我們一早走了四十分鐘，走到一個古堡了。那個古堡以前還有達芬奇住過哩。好遠耶，我們還是走到了。」他們兩位臉上充滿對這段有氧健行的滿足，就好像一對精力充沛的小孩，向衆人炫耀他們清早的大探險。

上遊覽車後，領隊向大家說，我們現在要到那棟達芬奇住過的古堡去。一路上，窗外長春藤蜿蜒路旁，兩位剛走過這段路的健行者帶著「識途老馬」的微笑，一路對我們說：「就是這條路啦。」

下了遊覽車後，導遊宣布，我們在此停留一小時。古堡裡有個關於達芬奇的博物館，進去參觀要花約台幣二百元的門票，導遊讓大家自行決定是否要進去參觀。領隊順便問一早走到此的兩位，是否進去過了，裡面好不好看。蕙琳媽媽很慌亂地說：「我們已走到這裡，不想進去看。從外面看就可以了啦。」S君也趕緊附和：「從圍牆外看就很清楚了。我們已經到過了，不用進去看了。」

我在不用錢的花園走一圈，最後還是耐不住，買了門票進古堡看一看。裡面放了些達芬奇的手稿、設計圖、解剖圖，是個用心的文獻陳列，但一切都還是以多產用心的達芬奇為起點。

上車後，蕙琳媽媽與S君沒問進去的人，古堡裡到底放了達芬奇什麼東西，他們倆安安靜靜抱著剛到附近店家買的小紀念品，細細翻看買來的戰利品。

有人一生就是在搶自尊，有人在替自卑孵蛋，有人則是一路找問題、回答問題，想從受罪命運中尋求理解、回歸解放。達芬奇受這棟古堡主人之邀，在這地方終老。他畫了一堆機械圖想讓人可以飛起來，畫了人體器官想瞭解人體，他理智冷刀背後就像他畫的蒙娜麗莎微笑般，是一股無法打折、無法加碼的尊嚴。在自然面前，人類是卑微的，要爭到尊嚴，就要從那種有自覺的謙卑出發。藝術如此，科學也如此，達芬奇手稿作品中處處流露出智慧深井的打鑿痕跡。

蓋古堡是幾百年前的流行，看古堡是另一個世紀流行的活動。看到了羅瓦河區一堆古堡之後，一車人中並沒有任何人變成國王、皇后、王子，或公主。

回到出發的原點，我們還是回去當自己城堡的奴隸。

對誰謙卑？尊嚴歸誰？每個奴隸的解放就在當下。

荷蘭：「我要我的袋子！」

多向動物學學吧。畢竟我們還是一種動物。一場街頭追逐，追出一段只能聽到喘氣的本能聲音。不帶慈悲心，沒有罪惡感，是本能在呼吸，要呼吸。

一九九一年是我旅行最兇的一年。體力好、鬥志強、玩心重，仗著跑了幾年的旅行小經驗，傻膽大得很。每個城市都想去看看，每件奇怪的事都想去問清楚。如果那時的我是匹脫韁野馬，那麼能餵飽自己最重要的糧秣就是「我到了，我看到了」的滿足。那時的年輕眼睛很餓，腳底像裝了引擎：碰碰碰，那年初春，跑到布拉格，裝了滿眼社會主義尾巴的城色；噗噗噗，夏天要陪來歐的親友到荷蘭阿姆斯特丹；等他們走後，我與W要到英國去找個朋友。旅行的身體要能享受美景，也要能保護自己。我的寒毛就像一支支高質天線，充滿警覺與好奇。

帶他們一群老老小小到阿姆斯特丹，實在很熱鬧。小的要去坐船；要買紀念品的人一直唸著要去看梵谷博物館買畫片；老的嘴巴上說，去哪兒都好，但我知道在自家屋頂種菜種花的兩老，是會愛看阿姆斯特丹最有名的花市街坊。好不容易，到了下午四點多，大家都擺平，也走得夠本了，我們一群九個人在市中心進了家麥當勞找東西塡肚子。

我把那口上個月剛在布拉格買的大皮袋子放在身旁。這個袋子很大，好像是給捷克歐巴桑上街排隊買牛油、麵包、麵條用的買菜袋子。全皮的材質，樸素的設計，從第一眼看到它，我就知道，我會喜歡它。提著它，看到街上櫥窗玻璃的反射身影，我覺得自己真的「長大」了……這不是荳蔻年華少女會用來裝口紅小鏡子的包包，這個實用袋子是給有眼尾紋女人用來裝生計的袋子。

在人不算多的麥當勞裡，我們派一個人負責去點餐，其它幾個就各自坐在椅上。我癱坐在椅上，兩眼看著空氣慢慢發呆。腿酸、眼呆，我是徹徹底底累到近乎呆滯了。

突然，我覺得右肩有點異樣。好像是有東西輕輕在碰，碰得很不清楚，盡乎是不可察覺。過了兩秒，那個若有若無的感覺又在外套肩上產生，我本能地轉身看看到底是怎麼回事。

有個很俊瘦的年輕棕膚色男孩，正鎖著黑眉看著我。

他坐在與我背對背的椅上，我想那剛才一定是他在拍觸我的肩膀。但他要做什麼呢？他的嘴巴是在打開發出點聲音，但我完全不知道他在說什麼。看他一臉的惶恐無助，我想他也不知道他是要做什麼、說什麼。

阿姆斯特丹像所有國家的首都，什麼奇怪的人、奇怪的事都不會少。看到這男孩的棕皮膚臉龐，我猜他的血緣可能是來自北非的阿爾及利亞、土耳其或中東。他看起來就像歐洲大都市裡的年輕人，移民第二代的年輕人。在那幾秒中，我的毛細孔可以感受到這個憂鬱臉龐正被「害怕」與「想裝作不怕」兩股強大的情緒扭拉。

他還年輕，能做傻膽的事。他還年輕，還沒那麼容易自己騙倒自己。他欲言又止，那雙目光渙散的苦眼珠真是裝滿了發抖的徬徨。

我又累又餓，擠出點力氣搖搖頭用英文對他說，我聽不懂他在說什麼。他聽到我開口說話，兩眼更空，眉頭鎖得更苦，半抿的唇邊傳出喉嚨洞裡的幾個音節。

不對啊，一定哪兒不對了。我警覺地把自己的眼睛從他臉上移開，原來在我椅旁的那口棕皮大袋子已經不見了！我幾乎是用「跳」的離開塑膠椅子，麥當勞門口外也閃過個人影正快速閃往街邊。

追！

大概是高中時候看武俠小說種下的種子，也拜大四時候接受越野賽跑訓練之賜，在那五公尺的距離中，我是以近乎「飛步快腿」的身手追出去。

追什麼呢？我要我的袋子。

袋子裡沒有錢包，只有一件禦寒長袖衫。我本來就不是很喜歡這襯衫的款式，連髒了，都不愛洗它，如果被偷走了，其實我是會很高興。但這口袋子是我新買的，這是我要做「有點老又不太老」女人的新「道具」，我絕不能讓我的「玩具」平白無故地被偷走，丟在水溝裡。

我要我的道具、我的玩具。這是我的東西，我已放了夢想在上面。我已經想好了，上街買菜時，這個大袋子可以裝得下一公斤半的洗衣粉盒子；如果我要裝圖書館裡影印的一疊A4，這個袋子也可以裝得剛剛好。它是要用來裝我的雜料寶貝，但它本身已是我的寶貝了。

我根本看不到是誰拿了我的袋子，順著人行道上幾個往左邊瞧的目光方向，跑出麥當勞後，我也往左邊追過去。

在拉腿跑那幾步當中，我心裡其實是有點興奮：「好久沒這麼跑了。」雖然離開學校後，平常也還偶爾要死不活地慢跑幾圈、游點泳、對鏡子做做體操，但那種運動只是在對自己身體敷衍交代：「我是有運動到了哦，你可不要亂生病。」

雖然做點小運動後，流點汗，身體很暢快。但我還是很懷念以前比賽時候，有輸贏的拼鬥衝刺感。在那種競技場面中，獸性的本能得以出場，我可以像隻豹子，把肌肉的爆發力噴出來，跑啊跑，終點線上有我的獵物，我是火箭、我是野花豹，我的身體就是要飛跑，不跑贏，我會輸、會死。灌滿競技者全身肌肉的，只有一條神經：「快」。那種什麼都不管，只要「跑」的感覺，我已懷念太久了。

現在，我是在「追」，不只在「跑」。爲了讓袋子重回我身邊，我必須快，如果輸了這幾秒，我是一輩子看不到也摸不到我的心愛袋子了……我必須像身懷絕計的草上飛女俠把自己一身本領全使出來，沒人可以笑我爲什麼在街上跑，因爲我是一個在追小偷的失物主人，我的「跑」很正當，爲了我的袋子，我是一定要追到他。

至於袋子裡的長袖衣服呢？想到袋裡的那件無趣東西，其實我是寧可小偷趕快把它偷走。不過，追出五六步了，我管不了自己是多愛這袋子，或多討厭袋裡的襯衫，我已完全進入「非追到不可」的運動情緒。跑到第三秒後的心境，與其說爲袋子而跑，還不如說是想把握這次機會，演出一場淋漓盡致的「街頭運動」。腎上腺素把我原先的累與餓全衝垮，我邊跑邊大叫「STOP! My Bag!」因爲緊張，因爲這是我的肺腑之言，但我還是有點訝異自己的吼聲是這麼……充滿感情……

阿姆斯特丹人行徒步道本就不寬，頂多六米。我的大吼聲從磚牆面上傳來回音，音效的確還蠻有氣勢。路人也停下來看到底怎麼回事。

有了觀衆，我的腿跨得更賣力。我也感覺到自己有點像正在拍都會街頭動作片的女主角。而男主角、配角呢？不管了，那麼多路人甲、路人乙，我得用腰閃過旁邊這個，切到前面的空隙，這可是困難度很高的身體協調動作。以前爲了練籃球的閃人運球動作，曾練到一種感覺：用重心帶動身體移動才會快。現在處在這千鈞一髮的緊張時刻，往日練球的心得又重回身體了，我邊跑邊高興：自己多像熙攘人海中一隻會閃會衝的快箭啊。

不過才追上人行道沒十公尺，我就看到我的大皮袋子端正地站在花台邊……小偷不要和我跑下去了。他不玩了。我拾起袋子，看不到我的對手在茫茫人群的哪裡……

我趕快回頭跑回麥當勞，那個負責分散我注意力好讓同伴偷我袋子的男孩子竟然還坐在原座位上。我氣喘噓噓地站到他面前，指著我手上失而復得的袋子，心裡想說縱使沒逮到偷兒，但這個負責調虎離山的男孩也總脫不了「罪」吧。

這男孩回給我更大的愁眼。他小小聲說些話，音量之小只有他自己才聽得到。講的是什麼語言呢？應該是他的母語。我一個字也聽不懂。

這招實在高明。他看起來應不到十六歲，送到警局，他的青春要留下記錄，我也不忍。但他又犯了什麼「罪」呢？他並沒有碰我的袋子，拿走我袋子的人早已無影無蹤，沒任何直接證據可以說他是共犯，他不過是憂鬱地和我說些根本聽不清楚的音節。有誰可以說，很害怕地對陌生東方女觀光客說話，這種行爲是犯了哪一條罪？我沒有理由可以送他去警局，更明白地說，我是連饒恕他的條件也沒有。

麥當勞裡還有幾個二十歲上下的年輕男孩也裝做沒事地看著我們。是同夥？把風的？見習的？還都是陌生人？都市裡，大家都是過客，袋子追到了，一場短距運動也可以收尾了。

我在麥當勞的累樣子是他們鎖定東方女遊客行竊的最佳獵物，而在追逐過程中，倒是出現了一頭街頭飛豹的夢幻身影……誰是我的獵物？是袋子？是看不見的小偷？是那個從頭到尾嚇得要死，負責分散我注意力的男孩？還是說，這只是場愛鬧、愛跑野細胞們的街頭即興玩笑？

那場都市叢林的追逐戰後，我還是偶爾練練跑。沒有什麼獵物讓我追著死命跑，跑得也無聊無趣。追啊追，逃啊逃，青春的好體力會退去，這倒是我再怎麼跑，也逃不掉的命運。

我不期待還有下次街頭亡命演出，但叢林中，什麼事都可能發生。我能希望的只是，別讓自己毫無抵抗地「演化」到自廢武功。

多向動物學學吧。畢竟我們還是一種動物。跑出一場街頭追逐，沒人得到獎牌，倒追出一段只能聽到喘氣的本能聲音。不帶慈悲心，沒有罪惡感，是本能在呼吸，要呼吸。

義大利：葡萄藤下的小姊弟

威尼斯可以是快樂的，也可以是憂傷的；有人擠人的大廣場，也有安靜小巷的尋常風景。還好這棵葡萄藤不管這些，它只需與陽光小廣場一起深呼吸。

義大利是個愛漂亮的民族。這個威尼斯巷中的小娃兒穿得自在，動得自由，是「幼兒服裝」中，「解放童年」與「衣裝美學」的完美呈現。

小弟弟不用人追著餵。自己可以作主的他，要姊姊把菜放在「自己的」盤子裡。

威尼斯葡萄藤下的小吃店。

我們在小姊弟旁另一張桌子吃的那頓義式午餐：
麵條、麵包、紅番茄鑲肉、魚，還有不能少的白酒。

威尼斯快被觀光客淹死了。走到哪兒都是人，都是外國人。我也是外國人，也在觀光，但這次是第二次到威尼斯，少了雄心壯志，倒多了一點「什麼都不想做，又還眞的什麼都沒做」的步調。

威尼斯有很多小巷子，彎來彎去，總有幾條小巷子會拱出個小廣場空地。可能有口井在旁邊，可能有個小雕像，可能有幾棵樹，可能有座教堂……這些小廣場就像威尼斯街腸蠕動的深呼吸結果，走走走，來個深呼吸，吐個大氣，就造就了個空地廣場。

那個小館子就在一個不起眼的廣場邊上。看不到招牌，也沒看到任何顧客在吃飯，如果不是餓得急於覓食，我也不會認眞過去看看它是不是有東西好吃。

向老闆要了菜單，M點了義大利麵與烤魚後，我想反正還要等一陣子，坐著也等，走著也是等，索性就在這塊被民房圍出的寧靜小廣場走一走。

葡萄藤騰空從大門托出方方密密的一片綠影，兩把白底藍條紋的大陽傘替四張木頭餐桌擋點陽光。除了幾片磚牆倒點陰影之外，這塊空地滿滿是光線，安靜得只能聞到遠遠近近從熱鍋裡傳來的浮動香味。

廣場邊上的巷子裡走出一個五歲大的小男孩，他兩手提著張矮板凳慢慢往前走。凳子很寬，他個子還小，他得努力把身體重心往後移，好把自己連同凳子一起往前挪。

我看著他，被他的動作與衣服吸引住了。義大利是個愛漂亮的民族，連這個看起來才幼稚班大班的小娃兒也穿得神氣自在。他的上身是件圓領衫，袖子長到手肘。但這絕不是件過大尺寸的短袖衫，也不是隨便拿件小號的長袖衣服套在小孩身上，這是很合身的五分袖圓領衫。灰藍橫紋線條襯得小小年紀的他已有水手的勁味。

他的及膝褲子更是絕。也是橫藍條紋，白藍相間，比上衣的線條更密。好像上半身是要輕鬆地讓藍條紋飄動，一如躺在草地做的白日夢，而下半身則準備紮紮實實地踢跑蹦跳。

那麼乾淨的白球鞋裡，沒有襪子，只有小腳噗噗在走。我真懷疑怎麼這麼小的孩子，就已有在巷裡做服裝表演的身段了。其實，這身衣服並沒有把他這年齡該有的調皮抽掉，也沒綁架到他一根寒毛的精力。這套寬袖寬褲管的衣服倒像是存心迎合小男孩本就要有的野勁，讓他動得更像個人，也穿得更像個人。

兩隻袖子長到肘，兩條褲管短到膝，縱使在大太陽下久曬，也不至於把肉嫩皮薄的小身子全部曬焦。這種五歲小孩子本來就很能玩，東碰西跑，他們就是有種「天賦本能」可以玩到全身汗濕濕，一吹風也容易感冒，而這種有袖子的上衣倒很能讓孩子的爸媽放心。

我盯太久了，他走過我身旁時，給我一個很認真的白眼，那是一種幼稚園年紀小男孩專屬的防衛性踐調調。到了這年紀，他已曉得「我的」凳子、「我的」衣服，如果他感覺到有威脅存在，他是會隨時準備戰鬥的。

他努力把凳子提到葡萄藤下餐桌旁時，我們的菜也上桌了。我餓得把頭埋進紅斑斑的義大利麵盤，大力地吃起來。

等我吃到有餘力瀏覽四周時，看到小男孩也正與一個大約七八歲的女孩在吃午餐。那張小凳子是讓他自己墊腳坐上椅子的工具。眞是個自己會照顧自己的小孩啊！我曾看過不少幼稚園大的小孩，身後被媽媽拿著湯匙追著餵，心不在焉的小孩張口吃幾口，又跑著玩上玩下。但這個小男孩那麼慎重地抬張凳子，爬上椅子，端端正正等著吃麵。沒人餵他，他倒好像知道吃飯是他自己的事，而他也樂於面對自己的一盤麵、一畝田。

他們這對小姊弟一人一小盤義大利麵條。橢圓形餐盤下是一張潔白的餐桌紙墊，弟弟的水杯子是有卡通圖案的玻璃杯，姊姊的則是比較大、有紅花的高杯子。小姊姊正用湯匙挖點塑膠袋裡的菜出來，小弟弟太矮了，抬高下巴要把一個圓圓的腦袋瓜托離桌面高一點。他知道姊姊正忙，要等一等，卻仍用小食指很認眞地指著自己盤子的右角，眼睛盯著那角落。雖然我聽不懂他在說什麼，但看得出他是個有主見的人，他要傳答他對自己這畝「田」的布局，讓姊姊把菜放到右角，而不是其它角落。

奇怪了，怎麼這麼小就有意見？在他眼中，這盤麵是一件大事，他在學著自己用刀叉進行他的一餐，當然要關心自己盤裡的布置。

童年要怎樣才算「快樂」呢？在威尼斯涼風葡萄藤下吃麵條長大，就會有快樂童年？這當然未必見得。而一些曾擁有幸福童年的人，也未必一生都在快樂中度過。從這個威尼斯小男孩身上，我讀到他的「快樂」是聚在那種尊重自己、學著照顧自己的心情。他穿得那麼漂亮舒服，這也怪不了他，畢竟這是義大利。從「我的」凳子、「我的」衣服、「我的」盤子，到「我的」選擇、「我的」社會、「我的」一生……一路慢慢長大，「我的」也越來越複雜。其實，我自己差點就忘了，我曾和葡萄藤下那小男孩一樣，很「喜歡」照顧自己，也很能照顧自己。

威尼斯可以是快樂的，也可以是憂傷的；有人擠人的大廣場，也有安靜小巷的尋常風景。還好這棵葡萄藤不管這些，它只需與陽光小廣場一起深呼吸……

義大利：餐廳門外的三個人

風景看起來是很美。但人不是吃畫片過活的，總是要過日子，要工作。生活在再美麗的風景圖片國家裡，人還是要養自己、養家。

小巷餐廳門外的三個人：三雙手放在身體的不同位置，說出有聲無聲的肢體語言與他們的角色。

托斯卡尼是個產美酒的區域。從佛羅倫斯到羅馬以北這區，地圖上有一條線框起來，就叫「托斯卡尼」區。那裡土肥酒甜，幾百年前農莊地主蓋的農莊房子堅固耐住又耐看，每個城裡一定有座漂漂亮亮的教堂，市場裡賣紅蕃茄綠椒子……風景看起來是很美。但人不是吃畫片過活的，總是要過日子，要工作的。生活在再美麗的風景圖片國家裡，人還是要養自己、養家。

走在這個托斯卡尼小城的馬路上，兩個男子迎面與我擦肩而過。他們走得很快，像一陣風從我身旁彎進巷子。

「他們兩人一定有心事。重要的心事。」我轉頭探進他們剛轉進的巷子，想看他們要做什麼。

我是個無心的外地路人，他們是匆忙有心的城裡人。我實在不知道他們爲什麼要走這麼快？要去哪裡？要做什麼？

他們兩人走進巷子五六公尺後，在一家餐廳門外停下，門裡很快出來個穿白衫、白褲、腰繫白圍裙的禿頭男人。

來訪的其中一人替兩位介紹後，兩個禿頭男子快快地握個手。那個看來像餐廳廚師的男子，把雙手叉在腰上，與另一個禿頭來者講起話來。繫圍裙的那位，神氣地挺出一個胸，下巴也拉得高高，遠遠超出一般人放下巴的角度。一身鼓滿的神氣寫出「喂，小夥子，你能做什麼」的質問。

介紹人把雙手插進腰後的兩個口袋，他的身體語言很清楚地擺明：「人帶到了，沒我的事，兩位好好談吧。」

三個人當中，唯一把雙手放在身體前面的，是那個要求職的禿男子。他穿橫條紋T恤，是這三人中唯一沒穿有領襯衫的人物。他看起來好可憐，微微駝著的背，氣矮了好一截。緊抱的雙手藏不住他的焦慮，前傾的憂戚臉色蓋不了他的惶恐，他多渴望能得到這個工作機會啊。

餐廳外拉出他們三條影子，兩個啤酒箱的影子，還有拉得亂七八糟的電線、電視電纜線。到底他們的心事解決了嗎？他找到工作了嗎？我實在不能一直看下去。流動街景中，這是幅沒有答案的身體街景……

半年多後，我帶這輯在義大利拍的照像本到老朋友家玩。他做過美國房地產生意，當過便利商店店長，繞了一圈，還是回到學校基金會當個資深規劃師。七八年沒見，當初被我當「洋娃娃」的他女兒，現在都小學六年級了，變成又高又壯的模樣。他老婆在上海做生意，兩頭跑。他呢，頭更禿，無力感也出來了。

他老婆一張張照片看過去，美麗的紅唇不斷發出讚歎「眞美啊」、「義大利好漂亮」。掃到這張餐廳外三個人的照片時，她眼睛大亮，問道：「他們在做什麼啊？」我還沒接上口，她馬上詮釋起這畫面：「一定那個禿頭在餐廳外對廚子找工作……哇，老L啊，你要是混到這地步，我們就完蛋了。你看，他的頭也禿得跟你一樣了，好可憐啊。」

我很尷尬，這張異國街邊人景會貼到他們夫妻的心口，看到老L皺眉別過頭，藉故轉身到餐桌去找香煙，我想他老婆的話與這張義大利照片是夠讓他心有戚戚焉了。

年輕人求職，讓人覺得耐磨可磨。中年人求職，多了點不忍與感歎。

照片裡餐廳外的三雙手都有話說：老闆的神氣插腰旁，介紹人的放後口袋，求職者的握肚前……突然間，我不知該把自己的雙手放哪兒。怎麼擺，都怕自己雙手的心事被測到：怕找不到工作、怕老到沒地方擺自己、怕焦慮全露出……

如果我的雙手也知道害怕，那麼要救我離開害怕的，也只有靠自己的雙手了。

柬埔寨：十八歲女歌星之死

一九九八年三月，沒有冬天的金邊市死了一個電視紅歌星。但街頭巷尾電視機裡，唱愛唱恨、軟黏黏唱腔的柬文流行歌聲，還是一樣有人在唱。

歌壇美麗姊妹花：右邊的姊姊是這則情殺故事的女主角，左邊的妹妹現仍在電視上當歌星。

供桌上放著這對愛人生前的合影：他們倆那麼美，那麼年輕，如今已不存在。

柬埔寨民間有一個傳說，如果相愛戀人無法共度今生，只要他們能一起死去，就可以在另一個世界永永遠遠同在一起。坊間人士認爲，這個傷心男人所以會與愛人、稚女同歸於盡，最主要的動機就是要「一起死去」。至於死後還能彼此相愛嗎？也沒人知道這「神話」的骨子裡是對生命的愛，還是恨？今生、來生，被一條死亡線隔開，他把未知的一切寄託來生，死亡成了他對這則神話的實踐。

第一次到柬埔寨是一九九四年，那時剛過聯合國爲柬國舉辦的大選，各種跨國投資紛紛駐進，但整個城還是頂寧靜的。到了一九九八年一月第四次再去時，柬國變很多了，有電視的人家與看電視的人口多了很多。就好像三十年前的台灣一樣，吃過晚飯，左鄰右舍也都喜歡到有電視的人家去。電視幾乎是牽制城市眼睛的新神祇。

除了家家戶戶多了電視，路邊報攤也多了以歌星明星爲封面的「電視週刊」一類柬文圖片小週報。因政局一直不穩，柬國政府對媒體的管制也格外注意，還要求記者必須具備精神檢查證書。如果哪個記者揭了當局的瘡疤，政府就可以有正當理由說：「那個記者是瘋子。我們不能相信精神異常記者的報導。」小心翼翼的新聞管制無非是要阻止「激進」的民主言論「誤導」純眞市民。去年內戰剛發生，原第一總理拉納瑞得逃到曼谷，掌權的軍事強人韓先亟需抓住人民的心，好讓他贏得九八年七月的選舉。雖然政治新聞管那麼嚴，但娛樂新聞倒是發得很快，那些露笑、露胸歌星封面的畫報掛在報攤最醒目的地方。怎麼說，關心青春偶像的觀衆總是要比關心難民乞丐的人要來得多。

《柬埔寨日報》是當地一份英文日報。地方版的新聞也少不了談談邊境盜伐太嚴重，或講講外國非政府組織又辦了什麼演講，所有新聞題材四平八穩，看起來實在沒有一般「在地人」看「在地社會新聞」的同步聳動感。

二月的一天，我到市場時順路買了一份《柬埔寨日報》，地方版有個標題：著名青春玉女歌星魂死槍下，妒郎毀愛自戕血濺黃泉路。

報導是這樣寫的：昨天柬文各報皆以顯著版面說明一件駭人聽聞的驚人事件。十八歲女歌星XXX是目前柬國電視台極受觀衆喜愛的歌星之一，日前她被男友持槍殺死，她與男友所生不滿兩歲的小孩也慘遭孩子父親奪命。最後兇手舉槍自盡，與未婚妻、稚女共躺血泊。據說，女歌星的母親極力反對女兒與這個年輕人的婚事，已打算把女兒嫁給一個澳大利亞人。

柬埔寨槍枝氾濫，我也有所目睹耳聞。聽說在金邊中央市場裡，不用五十塊美金就可以買到一把槍了。上個月騎摩托車經過「日本大橋」時，也看到一個男子以收工後扛鋤頭的姿態背著一把長槍。要結束愛的故事有很多種方法，但以一把簡單的槍終結一切……女歌星十八歲、歌星的情人二十歲、歌星的小孩一歲多，這首悲歌畢竟唱得太早，這把槍也爆得太狠了。

一個年輕柬埔寨男子與美麗的小姑娘相愛，可能是不知道避孕，或不想避孕，孩子生下來了，他還是娶不到她。女孩的母親就是不想當窮人的岳母。女孩的身材不因懷孕生產過而走調，她從在野台唱歌的小歌星慢慢唱到電視台，短短一年當中，她已成爲可愛美麗的青春新偶像。電視上大家常常可以看到她的影像，聽到她的歌聲，她變成街頭巷尾的電視紅人，不再是那個普通男子抱得到的愛人。當愛人愈來愈紅，這個無處可發達的男子是註定要出局了。

兩天後，我與外子還有他的柬國同事江朶先生一起參加當地一個婚禮。新郎是個寫流行歌曲的作曲家，新娘是位粉塗得很厚的美麗歌星，兩人都是柬國電視圈名人。看到他們穿著傳統柬國衣服，入口處一排七八位穿長禮服的迎賓長髮美女，不知怎麼地，我的心頭馬上湧起「我怎麼沒有漂亮衣服穿，沒有珍珠項鍊戴」

的自卑感。

同桌中，在我對面有兩位歐巴桑。從她們的年紀，可以推測這不是她們第一次參加別人的囍宴，她們都有參加囍宴場合的裝備。右邊那位，燙了一個很講究的頭，她的布料價錢比左邊的那位貴，紅色沙龍點綴著赭紅花，實在雍容華貴。左邊的婦人壯壯的，還帶了一個五歲大的小女孩，看得出這衣服是給裁縫做的，但就吃囍酒的衣服等級來說，這式樣還是單調了些。看了兩位婦人的舉止衣著後五分鐘，我以「小婦人評論其它婦人」的口吻向外子咬耳朵：「右邊的婦人家裡可能有很多傭人，見過比較多大場面。左邊的那位應是個勞碌的祖母，連個囍宴也不放過帶孫子來撈本。」外子丟給我一個不怎麼同意的眼神。依照他的觀察，他認爲我這個分析還不是頂準的。

菜還沒上，他們慢慢聊起天來。左邊那位婦人好像是這個「座談會」的主角，其它人聽著她說，加了幾句，她補上幾句後，大夥慢慢陷入沉默的深思當中。

江朵幫我們翻譯說，他們剛才正在討論那件轟動全國的歌星命案，大家都認爲很可惜，該被槍打死的應該是女歌星的媽媽！那個被拋棄的男子實在昏得搞不清該對誰下手。

我心頭一震，心想：「對啊，是女歌星的媽媽阻止他們的婚事。他如果要恨，恨的應是這個勢利的婦人。爲什麼殺的是自己的愛人、自己的小孩，而且自己也陪死？如果冤有頭，這筆帳怎麼算也是要算到歌星的媽媽頭上。」

我很欣賞這個後見之明的情殺分析，急忙追問江朵：「是誰認爲該殺的是歌星媽媽？」

他很不好意思我這無聊的外國人也加入他們柬國情殺新聞的熱潮，笑笑地對我說：「妳對面左邊的那位婦人。」

我對那位婦人投以尊敬的眼光，這次可眞學到「人不可貌相」。這位婦人都有了孫子，想必她也有過選女婿、嫁女兒的經驗。知道每一樁婚事背後，做岳母的是在打什麼算盤。

死了一個搖錢樹女兒，死了一個妒忌心強的魯男子，死了一個小孩，就是搖這棵搖錢樹的媽媽沒死。法院無法審判兇嫌，因爲他已比執法者早一步把自己就地正法。但法院也無法把歌星的勢利眼媽媽定罪，因爲她並沒有違法，她不過是像所有爲人母者一樣，關心自己孩子的婚姻幸福罷了！希望這棵搖錢樹嫁給洋人，好讓辛苦了大半輩子的自己，可以有機會脫離柬埔寨動盪貧窮的苦日子。

多情漢殺了變心女，癡情女對薄倖郎復仇，這是老掉牙的故事。但懂得聽故事的耳朵，總會再多想想，爲什麼愛會走調？敲邊鼓的是誰？有時候，配角的關鍵地位反而是扭拉傀儡主角的那把鉗子……

這位平凡歐巴桑以婦人之心看待這個全國首版故事，她讀到每個主角的居心、動機，她的評論讓一桌吃囍酒的人都跌入故事背後的情節。

這個十八歲歌星實在太可愛迷人，她幾乎成了「電視世界」中，大家的夢中情人與心目中的女兒。她死後，男男女女老老少少還是有點兒惋惜偶像已死，難過這個嬌滴滴十八歲偶像竟然已是個私生子的娘，更傷心甜姊兒的死法是那麼難看。如果，我是那個青春偶像，我會不顧一切、不顧鈔票守著一個愛？如果，我是那個被拋棄的男子，我可有勇氣毀去我的愛，我的子？還是我就大方地祝福對方，頭也不回地自殺，把自己殉給過去的癡情？如果，我是那個女歌星的媽媽，我會不會先發制人，趁男主角把搖錢樹槍斃之前，買個殺手先把男主角解決掉？

太多的「如果」讓多情的觀衆傷心，原來電視上白雪公主的世界是那麼黑呵……

一則流血的故事落在囍宴桌上，變成歐巴桑口中的警世評論。死去的三條生命，每一條都無辜：愛得無辜、恨得無辜、生得無辜。沒死的歌星母親，只不過是要女兒能在灰茫茫現實世界找到幸福的遠方歸宿，甩掉這個男人。而還沒死的觀衆呢？不過是貪看電視，愛看美人，愛聽別人的故事，喜歡在酒宴上講講名人的是非罷了。

一九九八年三月，沒有冬天的金邊市死了一個電視紅歌星。但街頭巷尾電視機裡，唱愛唱恨、軟黏黏唱腔的柬文流行歌聲，還是一樣有人在唱。

衣索比亞：路易斯教授

午宴後的故事

路易斯的話一點都沒錯，他那神情卻泛著有點令人噁心的自鳴得意。他是在開車，但他也是「被車開」。故事發展到後來，我發現，他還「被車關」。

一九九七年夏天，我到非洲衣索比亞去探訪在那裡工作的外子。到後第二天，與外子馬克洋同單位的路易斯教授，邀我們和幾位剛到的同事參加一場義大利樹下午餐。昂貴的陽光午宴後，緊接著是有「學術外交官」身段的路易斯更貴的一段路邊演出。

故事很短，就一個下午。

午宴是在一個看來不起眼的樹林裡。白鐵皮圍起一圈圍牆，進門後樹下的一張長桌邊，已坐了五六個大人與四五個小孩。路易斯很熟練地替我們介紹。那位是聯合國ＵＮＩＣＥＦ的資深顧問，這位是美國學校的老師，那邊是美國大使館的史密斯先生……看來路易斯的確是一號混得開的人物。

陽光涼風把我們薰到四點後，也該上路了。路易斯向侍者收了帳單，幽默地唸一下總額，每個人都裝做沒事一樣繳點鈔票給他。看到喝得臉微紅的路易斯急催油門，倒車載我們回學校宿舍，我心裡浮現一絲不祥的預感。很想建議由不喝酒的馬克洋來開，但想到這是路易斯的車，或許人家不喜歡車子讓外人開也說不定，我就只好把莫名其妙的預感吞下去。

前座駕駛位旁坐著馬克洋，後面除了我，還有同單位的另一位三十二歲的布芮薔，她申請荷蘭一個單位的獎學金來衣索比亞做她的社會心理學博士論文，比我早來半個月。

路易斯教授從美國來此已有一年多，仗著酒意，他一手扶著方向盤，瞇眼看著前方，問後座體重九十幾公斤的布芮薔：「妳會開車嗎？」她說，不會。路易斯一邊把車速加快，一邊以權威的口吻說：「妳的論文案子是要寫蘇丹難民營吧，不會開車會影響妳的活動範圍喔。在非洲做調查，是很需要會自己開車哦。」

看著車窗外綠野連綿，我也同意，如果有車又會開車是的確方便多了，甚至也是必須。路易斯的話一點都沒錯，但他那種神情，卻泛著一層有點令人噁心的自鳴得意。他是在開車，但他被「有車，開車」的驕傲駕御了。

車子在坑坑疤疤的路上跑過去，路易斯半炫耀半權威「要開車」、「被車開」的話讓我又添了一絲不安。

阿迪斯阿巴巴（Addis Ababa）是個人口號稱過四百萬的大首都，腹地很大，丘陵上上下下，這部車也在時而彎、時而平、時而坑的路上揚塵前去。

一路上，路邊都有人放著一捆捆的木柴在賣。布芮蕾向路易斯提議，可否找個地方停車一下，她想買柴回去燒壁爐的火。

路易斯爽快地說：「當然沒問題。」走沒多遠，車子就往路旁有放柴的門口開過去。

就在三秒的時間裡，車子往右傾了過去。路易斯把車子後面的右車輪端端正正地陷進洞裡！

身體是斜的，窗外風景也是斜的，兩顆眼珠也歪了……哇！車子跌到破窪坑裡了，車身都歪過去了。我們四人小心翼翼地陸續下車，而路旁也已經有十幾個當地人慢慢聚向這部車來。

都四點半了，天會暗下來。在這時候，在這種沒太多人煙的地方發生這種事，實在是件「凶」事。

爲什麼是凶？我也說不上來。在車裡，我們被車的鐵皮保護住，當我們下車後，四周人群的眼光射過來，我可以直覺地感受到逼過來的氣氛：「獵物自己送上門了。」

路易斯眞不愧是混過江湖的，他很鎭定地看了情況後，提醒布芮蕾：「妳不是要買木柴嗎？」我與她走了五公尺去買了一捆柴。

柴提過來後，車身旁圍了超過二十多人。全是男的。從五歲到五十歲，都是瘦的、閒的，等著好戲繼續演。

我們試了很多種方法，用棍子、用抬的，但車輪還是不願意離開這個坑。一兩個衣索比亞人熱心地把這事當大事，看到我們要抬了，也用力地要解救這個頑固的車輪。

其它圍觀的人呢？我不知道他們在想什麼，我正忙著「救災」，但仍可以感受到圍觀的人愈來愈多了：從對面馬路過來、從路旁籬笆門走出來、從樹叢間走出來……就像一首軍歌所唱「他們從四面八方過來」一樣，好像大家都緊張地期待著什麼。

試了十多分鐘，路易斯上到駕駛座，加足馬力。車子呼呼吼了幾聲，右後輪終於爬出那個二十公分深的小窪。

我們其它三個人進了車，這時，原先圍觀的人也全擠到車窗外，大的推小的，矮的推高的，他們團團把這部車包圍起來了。剛開始，我還搞不清這是怎麼一回事，等看到路易斯掏出錢包，把一張張鈔票放到伸進車窗的一隻隻手，我開始瞭解這個「送錢」舉動的必要性，與他們所以等在那裡的原因。

但就在路易斯發出每張面額約台幣五十元的四五張鈔票的同時，車窗外的人群推擠得更厲害，每個人都想推開別人，把自己的手伸進車窗。

路易斯這部車是二門四輪車，後面椅子旁都沒門，也沒可以開的窗。所以，車外所有人是紛紛往車子僅有的兩個前座窗子拼命擠過去。我坐在後排，雖沒有手可以伸到這裡，但看到玻璃外，急迫扭曲的臉層層疊疊愈來愈多，從沒碰過這狀況的我，也感染上車外黑壓壓人群的焦慮情緒。

隨著擠在窗口的手愈來愈多，前座左邊的馬克洋也加入「掏鈔票」發錢的工作。我看到他先是發面額約台幣十元的紙鈔……該死的他，一向沒有集小鈔零錢的習慣，才發兩張，馬上就發到約台幣一百元與兩百元面額的鈔票……窗旁的人看到只要手伸得進來，就可以有那麼大的錢，眼都亮了，心也更急，每隻手恨不得多長兩寸，死命要越過前面的頭。原先領到十元五十元的人更不願走，還希望佔住窗口有利位置，能搶到大鈔票。

我看了好急，但我才剛到兩天，還沒換錢，根本無法幫忙發鈔。在十幾隻揮舞的手掌前，馬克洋竟還有心情向其中一個年約二十歲的衣索比亞人說：「剛才你已經拿過了，你該讓位，給其它有幫忙的人過來。」那個人好像也懂馬克洋的意思，但是他眼睛看看馬克洋的皮包，便又毒毒地盯著馬克洋，意思有點像：「算了吧，你有錢，多給我一點，又怎樣？你們已被我們的人包圍了，你還想怎樣？」馬克洋好像也讀懂對方處於優勢局面的眼語，很慎重地放了一張超過台幣百元面額的鈔票到他急迫的掌肉上，對他說：「這是給你分給其它人用的。」我沒法看到這個人是不是把窗口位置讓出來，因爲推擠的人潮已近乎是在用拳頭互相拉扯了。

隨著車外情緒節節高漲，車裡的皮包都癟了，布芮蕾也遞了鈔票過去給路易斯。但我實在搞不懂，爲什麼一開始的時候，路易斯與馬克洋不把車窗搖起來？爲什麼路易斯進車後不馬上把車開走？

漫長的兩分鐘過去後，路易斯終於把窗搖上，準備發動引擎。哪知，油門催了幾次，就只有引擎打乾咳的呻吟聲，車子就是發動不起來。窗外人看我們準備要走，又聽到引擎的鬼叫聲，已有人激動地拍打起車窗玻璃。那些激動眼神與叫聲的意思猜也知道是：「喂，你們怎麼可以走？別走！」

路易斯試了兩三次，但這部車子就像剛摔得鼻青眼腫的人一樣，硬是移不出一尺。隨著催油發動聲，我的心也暗吼：「跑啊，跑啊，你這笨車怎麼不會跑？」但它就只是原地發抖。不知是右後輪跌傷了哪根筋，還是車子膽子太小被周圍的人嚇到了，原來和主人一樣神氣威風的白色四輪傳動車，現在倒像一塊不醒人事的白癡鐵皮。

馬克洋問路易斯，車子的使用說明書在哪。他一邊翻看目錄，一邊問猛踩油門的路易斯有沒有一個這個，一個那個。車子主人停下徒勞無功的努力，把駕駛面板上下左右看一下，說：「我從來沒用過那些開關，也不知道是怎麼用。」

對車子無知的我心裡開始嘀咕：「天啊，報應！剛才還教訓布芮薔要會開車，現在你連自己車子的開關按鈕都搞不清。不只被車開，還要被車關了。」

前座兩個人對說明書研究了一下後，按圖操作，裝輪子的關節低低鏘隆兩聲。再發動，車子在空檔上傳出令我們喘了一口氣的聲音，車子終於又活過來了，會動了。

但這時車外的聲音並不是鼓掌歡呼，拍窗的人仍想做最後的努力，搥窗搥得更兇。車子慢慢走遠，幾個年輕的追著跑。在他們還沒拿地上石塊砸車之前，四個車輪已加速駛離他們的投擲範圍。

當天晚上，我問馬克洋為什麼會有「發錢，一直發」這段。他說，阿迪斯阿巴巴這裡路況很差，當車子拋錨，路旁民衆圍過來，車主付錢給幫忙的人是個馬路規矩。如果輪子起來後，我們不友善地馬上關窗，群衆不滿憤怒的情緒會一下子推到很高。尤其車子又發不動，這個情況更危急。找拖車公司幫忙，要付錢；路旁群衆湊湊熱鬧插花幫忙，又哪有不付錢的道理呢？我還是不解，「可是沒幫忙的人也圍過來搶錢。」在衣索比亞工作已一年的他說：「那是他們的事。」

衣索比亞人一輩子住在這地方，這是他們的國家；我們是來這裡做非政府組織（NGO）工作的外國人。他們住在全家僅有一盞燈泡的小屋，我們住在有五個燈泡，一天要斷電兩次的學校宿舍。他們的事是活下去，我們的事也是活下去。當我們為了一個車輪產生發鈔票的動作，馬路規矩就是不能不從。來到這個顏色、風俗不同的地方，有一個說不出的道理卡在前面，想通了，好像行到天涯海角也通；想不通，走到哪，一條直直的路也可以走得腸子全打結。

這個衣索比亞馬路故事很短，所湧出的腎上腺素很多。我害怕被包圍，怕被石塊砸，怕失去太多鈔票，怕死在綠郊路旁草叢裡……而他們呢？也怕。當他們圍在車窗外，我從他們的黑眼珠讀到的也是慌張的害怕，怕前面的人把鈔票都拿光……相信他們也從我的黑眼珠讀到害怕，怕失去鈔票……

資源有限，害怕無限。故事發生時，其實車殼裡與車殼外的人都在害怕。對於生活在貧窮都市的衣索比亞本地人與膚色不同的外國人而言，「免於恐懼」是這個資源匱乏的社會可望而不可及的遠夢。邊境鄉下是戰亂、饑荒；都市生活是物價上漲、物資缺乏、沒有就業機會、生病沒錢看醫生。當有一部外國人的車陷在路邊，大家圍過來，不論有沒有幫忙，討點鈔票，這樣的「交通規矩」又有哪兒錯了？

回台灣後，我聽說路易斯突然終止契約，把老婆、兩個小孩帶回美國，當他的社會心理系教授去。他「空包彈」的研究計畫沒有做出任何成果，計畫案帳目上倒留下他裝修那棟大房子、夏天全家回美國渡假的龐大款項。

我不知道路易斯怎麼看待他自己這場衣索比亞的馬路演出。寫了一百多篇學術論文，寫出二十幾本以第三世界街童爲主題的專書，還有美國某大學教授的位子，他是十足的有錢好辦事、有車好辦事、有資格好混日子。不論他身在何方，在第一世界或第三世界，我相信應該還會有更多等著「被車開」的他。

國家圖書館出版品預行編目資料

流浪者的廚房／ 徐世怡著-- 初版.--
臺北市：大塊文化，1998 [民 87]
面： 公分. -- (catch：20)
ISBN 957-8468-62-8 (平裝)

855　　　　87014768

1 1 6 台北市羅斯福路六段142巷20弄2-3號

廣 告 回 信
台灣北區郵政管理局登記證
北台字第10227號

大塊文化出版股份有限公司　收

地址：______市／縣______鄉／鎮／市／區________路／街______段_____巷

______弄______號______樓

姓名：

請沿虛線撕下後對折裝訂寄回，謝謝！

編號：CA020　　書名：流浪者的廚房

LOCUS